しあわせになろうよ、3人で。

CROSS NOVELS

松幸かほ

NOVEL: Kaho Matsuyuki

北沢きょう

ILLUST: Kyo Kitazawa

CROSS NOVELS

CONTENTS

CROSS NOVELS

CONTENTS

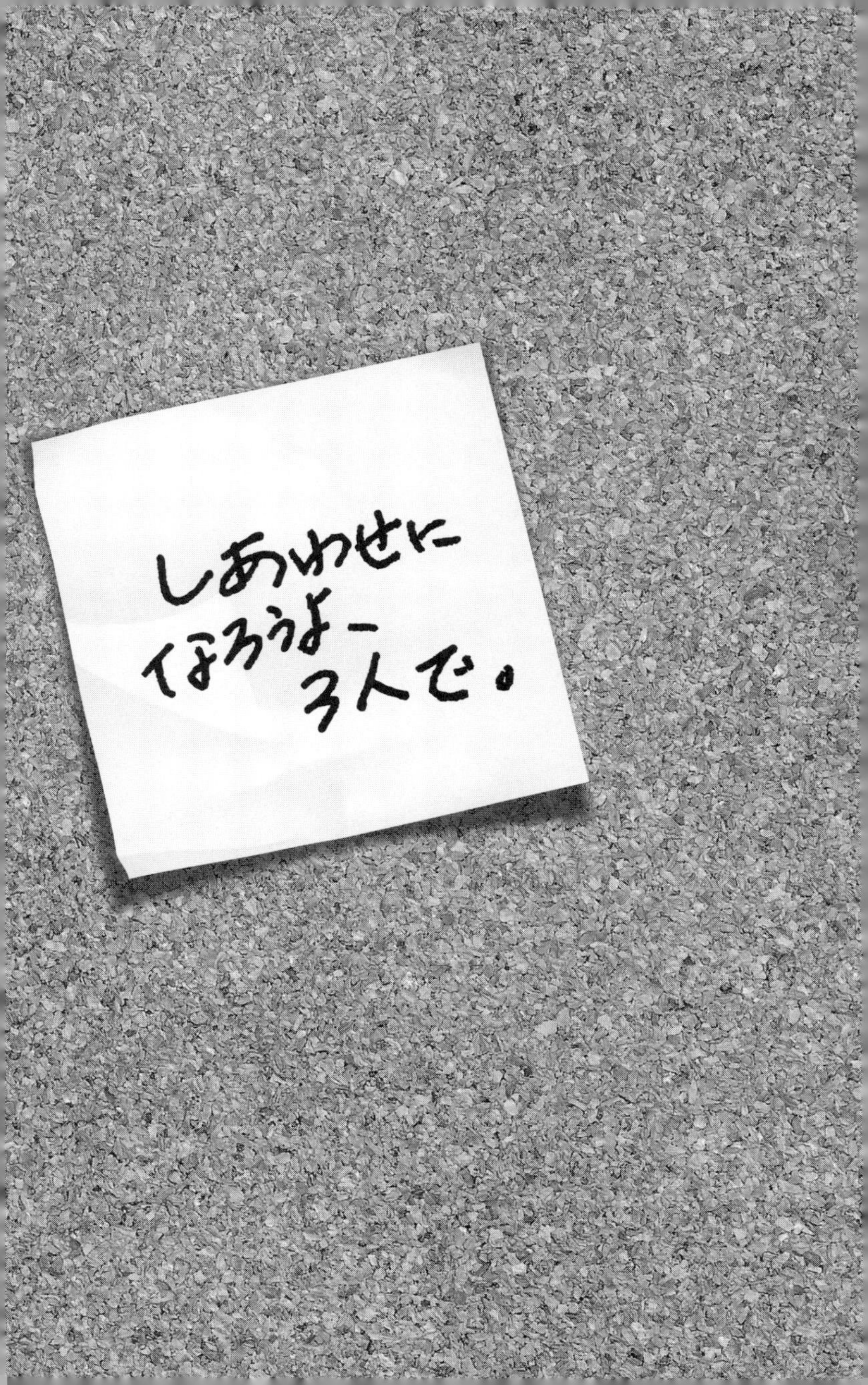
しあわせに
なろうよー
3人で。

1

三月末日。

翌日に入社式を控え、志藤俊《しどうしゅん》は少しの不安を抱えつつ夕食の席についた。

「では、俊くんの明日からの社会人生活が輝かしいものになることを祈って、乾杯」

父である志藤祐一《ゆういち》の乾杯の音頭で夕食が始まる。

夕食の席には母の美都子《みつこ》、四つ上の真奈《まな》と博美《ひろみ》という姉二人、それから博美の夫の賢治《けんじ》がいた。

「俊くん、緊張してる？」

一口、スパークリングワインを飲んだあと、博美が俊に問う。それに俊がどう答えたものかと悩んでいると、

「俊は環境の変化に異常に弱いもんねぇ。熱帯魚の水槽を換えるレベルで気をつけないと」

笑って真奈が言う。

「俊くんはそれだけ繊細なんだよね」

フォローするのは賢治で、それに鷹揚《おうよう》に頷《うなず》くのは祐一。

「そういうところ、誰に似ちゃったのかしらね。私も真奈も違うし、お父さんもそんなことなかったのに」

苦笑するのは美都子だ。

ちなみに、美都子の言う「お父さん」は祐一のことではない。

俊が中学一年の時に、美都子と祐一はそれぞれ連れ子を持つ者同士で再婚をした。

俊と真奈は美都子の子で、博美は祐一の子だ。

しかし、再婚後の家族関係はすこぶるよかった。

もともと再婚を後押ししたのは、真奈と博美の二人だ。

真奈と博美は中学生の頃、学校は違ったが通う進学塾で知り合い、互いに両親が死別でシングルだということも手伝って、共感し合う部分もあって親友になったのだ。

お互い切磋琢磨《せっさたくま》して第一志望だった同じ高校に合格してからは、互いに家を行き来する関係になった。

その時に二人は思ったのだ。

互いの父と母が再婚すればパラダイスじゃないか、と。

真奈は親友と朝から晩まで、気兼ねすることなくおしゃべりができるし、忙しく働く母も再婚で楽ができるんじゃないかと思った。

博美も同様に思ったのと同時に、真奈と姉妹になるということは真奈の弟である俊も弟になるということで、ものすごく魅力だった。

とにかく、俊は可愛かった。

小動物を思わせるくりくりとした大きな目と、薄桃色の綺麗な形の唇。

はにかむように笑って「こんにちは、はじめまして」と言ったその姿を見た時、その可愛さに「あ、この子天使」と思ったほどだ。

その見た目を裏切らず、中身も天使で、真奈が弟を溺愛しているのは知っていたが、俊と会った時にその理由をはっきりと理解し、博美も溺愛モードに入ったほどだ。

そんな娘二人の画策により、互いの父母は再婚し、人工家族が出来上がったのである。

そのようなわけで、美都子の言う「お父さん」は祐一ではなく、俊が三歳の時に事故で他界した実父のことなのだが、豪放磊落《ごうほうらいらく》という四文字熟語がぴったりだったという実父には、俊のような繊細さはなかった。

「まあ、そう心配することはない。同じ会社にいるんだから、何かあればすぐにおいで」

そう言って祐一は俊に笑みかける。

祐一の言葉どおり、俊は祐一と同じ会社に就職した。

というか、祐一の会社に就職したと言ったほうが正しいだろう。

祐一は、志藤物産という日本《にほん》でも有数の大企業の創業家の当主であり、社長だ。

「そうそう、僕もいるからね」

そう言葉を添えたのは賢治だ。

入り婿の賢治は志藤物産本社の営業部で現在部長職に就いていて、ゆくゆくは祐一の跡を継いで社長になると目《もく》されている。

「ありがとうございます。頑張ります」

控えめに返す俊を、全員が全員「可愛い。守ってあげなきゃ」という目で見つめる。

「ああ、そうだ。就職祝いというほどのものじゃないが、俊くん、これをもらってくれないか」

祐一は立ち上がり、俊に近づくと小さなビロード張りの箱を手渡した。

「……なに？」

「開けてごらん」

言われて蓋《ふた》を開けてみると、中に入っていたのはシンプルだが洒落《しゃれ》たデザインの、プラチナのネクタイピンだった。

「これ……」

「ちゃんとした就職祝いをあげたいと思っていたんだが、美都子に改まったものは必要ないと止められてね。だが、やはり記念だと思うからね」

祐一は美都子に軽く視線を投げる。美都子はそれを当然でしょう？　という顔で受け止めた。

俊の就職先は、祐一が社長を務める志藤物産本社だ。

世間的にはコネ入社と言われるだろう。

もちろん、周囲にそう言われないように、一般学生と同じように就職活動をしていくつかもらった内定の中から祐一のもとを選んだのだが、内定が出る時に「社長の息子だから」という手心が加わらなかったとかといえば、それは多分、嘘になるだろう。

美都子もそう思っているから「就職祝い」はいらない、と言ったのだろう。

夫を亡くしてからバリバリと働いてきた彼女は、そういう面では実力主義なところがある。決して俊が可愛くないわけではなく、「猫可愛がりはしない」と決めているだけだ。

しかし、俊はそのネクタイピンを前に固まった。

「古いものだから、本当に記念にしかならないだろうし、かえって失礼かもしれないと思ったんだけど、俊くんに持っていてほしくてね」

「ううん！　嬉しいけど、これ、すごく大事なものだよね？」

そのネクタイピンは祐一が言ったとおり、古いものだ。

もともとは祐一の父親が使っていたもので、その後、祐一が引き継ぎ、祐一が使っていたところを俊も何度か見たことがある。

「まあ、私にとっては思い出の品の一つだな。俊くんがさほど気にするような思い入れや価値があるわけじゃない。気が重くなってその重みで首が絞まりそうなものは賢治くんに渡すよ。これは、愛着程度だ」

祐一はそう言って笑い、賢治は「お手柔らかに」と笑う。

後継者は博美の夫である賢治だ。

血の繋がらない息子である自分が祐一から、先代から引き継いだネクタイピンをもらったらいい気はしないのではないかとすぐに思った。

だが、俊がそう考えることも、祐一は見越していたらしく、賢治への気遣いは無用だとさらりと言外に告げ、賢治もそれに応えてみせた。

「ありがとう……、大事にします」

俊の言葉に祐一は頷いて、頭を撫でると席に戻る。夕食の席はその後も和《なご》やかに続いた。

◆
◇
◆

入社式が終わると、その翌日から本社の新入社員は全員新人研修に入る。

配属された際には即戦力として現場に対応できるようにするため、十日間にわたっての研修が始まるのだが、まず行われるのは会社の保養施設で行われる二泊三日の集中研修だ。

「俊、こっちこっち」

現地集合の保養施設の最寄《もよ》り駅の改札を出たところで、出口を探すために案内板に向かいかけた俊は、すぐに聞き慣れた声に呼び止められた。

その声のほうに顔を向けると、一人の背の高い男が笑顔で歩み寄ってきた。

「夏樹《なつき》くん、待っててくれたの？」

「待つってほどじゃないよ。俺のほうが五分くらい早く来ただけだから、一緒に行こうと思って」

「ありがとう」

保養施設までの地図は昨日ちゃんと配布されたし、祐一も分かりやすい場所にあると言ってくれていたし、いざとなれば携帯電話で地図検索もできる。だが、やはり一人で向かうとなると不安だったので、俊はほっとした。

「じゃあ、行こっか。あ、荷物持とうか？」

笑顔で申し出てくれるのに、俊は頭を横に振った。

「ううん、大丈夫」

「そう？　じゃあ、出発…っと、ちょっと待った」

夏樹は不意に俊のネクタイに手を伸ばした。

「ネクタイピン、歪《ゆが》んでるよ」

そう言って留め直してくれる。

俊はもらったネクタイピンを、昨日の入社式からつけていた。

だが、つける位置がいまいち分からなくて、ジャケットを着る時はこの位置、脱ぐ時はここがいいかな、と教えてくれたのは夏樹だ。

おしゃれアイテムをさらりと使いこなす夏樹は、自身もネクタイピンをしているのだが、俊のように「つけてます」感がないように思える。

「はい、これでいい。じゃあ行こう」

「ありがとう」

直してもらった礼を言い、二人で歩き始める。

夏樹は、母親の再婚後に俊が転校した先の中学校で初めてできた友人だ。

華道の兼條《けんじょう》流宗家の三男というキラキラしい家の生まれながら、俊には気さくに接してくれて、何かと世話を焼いてくれている。

もっともキラキラしいのは生まれだけでもなく、その外見もだ。

ほんの少し少し眦《まなじり》のつり上がった、アーモンド形の目に、すっと通った細い鼻梁、形のいい唇と、パーツ一つ一つを取っても整っているのだが、それらが絶妙のバランスで配置されていて、人目を引くことこの上ない。

よって、昔から女子生徒にはモテまくりだったし、一緒に出かければかなりの高確率で芸能事務所にスカウトされるし、逆ナンパをされた。

昨日の入社式でも、夏樹はすぐさま注目を集めて女子社員に囲まれていたほどだ。

そんな夏樹がどうして自分なんかの——卑下するわけではなくて、夏樹と比べるといろいろと劣るし、夏樹にはもっと「できる」友人が多くいたにもかかわらず——世話を焼いてくれるのか不思議で、どうして、と一度聞いたことがある。

それに対する夏樹の返事は、

「俺、三男だから、家だと末っ子ポジションなんだよね。ずっと弟か妹が欲しくて、俊といるとなんかお兄ちゃんになった気分っていうか……。あと、一緒にいるとすごく癒されるし」

という、比較的分かりやすいものだった。

なぜ比較的かといえば、後半部分の「癒される」が分からないからだ。

もっともそれは真奈や博美にも言われていて、二人になった姉たちは落ち込むと強制的に俊の部屋に踏み込んできて、俊を撫でたり眺めたり、おやつを与えてみたりして気がすむまで居座る。

なぜ癒されるのかと聞いても、「なんとなく」としか言ってくれないのだが、多分自分は犬か猫のような扱いなのだろうと勝手に納得してきた。

——僕だって、どうして猫を見ると和むのか分かんないし……。

だから、夏樹にとってもそうなんだろうなと思うことにした。

二人で保養施設に到着したのだが、そこで待っていたのは出席番号順でのグループ分けだった。

比較的近い並びの名前なのだが、生憎《あいにく》二人は別グループになり、グループごとに研修用の部屋に荷物を持ったまま、入れられた。

「じゃあね、俊。何かあったら、すぐ行くから」

「大丈夫だよ。でも、ありがとう」

夏樹と離れたことに不安になりつつも、とりあえず笑顔を繕って振り分けられた研修用の部屋に入った。

すでに何人か来ていて、昨日の入社式で見知った顔もあった。

とはいえ、言葉を交わすほど知っているわけではないので、おはようございます、とだけ言って、空いている席に腰を下ろす。

そこで待つこと十分、間もなく研修が始まるという時刻になって、廊下を慌《あわ》ただしく走ってくる足音が聞こえた。

その足音が最大限、俊のいる部屋に近づいた次の瞬間、ドアが勢いよく開けられた。

「あー、ヤッベぇ。間に合った、よかった」

その言葉とともに部屋に入ってきた人物に、俊は目を見開き、固まった。

直線的な眉と射貫《いぬ》くような鋭い眼差しと、まっすぐな鼻の線が印象的な精悍《せいかん》な顔立ち。

それは、知っている人物ととても似て——いるような気がするからだ。

なぜそんなに曖昧《あいまい》なのかと言えば、似ている気がする人物というのが、母親の再婚前に通っていた中学の同級生だからだ。

転校後一度も会っていないし、成長過程で大きく様変わりする者も多い中、相手がどう成長したかも分からない。

ただ、面影があるような気がするだけだ。

——まさか、ね……。

俊はそう思って、視線を逸《そ》らす。

注目を集めたその人物は少し離れた席に座し、ややしてから研修担当の社員が部屋に入ってきた。

研修に入る、という挨拶のあと、とりあえず自己紹介をという流れになり、前に座っている者から順番に自己紹介が始まる。

四人目がさっき駆け込んできた人物で、彼は立ち上がると、

「須賀幸成《すがゆきなり》です。よろしくお願いします」

名乗られた名前に、俊は大きなため息をつきそうになった。

——まさかの……ビンゴ…。

それは、間違いなく、転校前の中学の同級生だった。

俊の旧姓は「相馬《そうま》」で、幸成とは出席番号が前後だった。

そのため、体育の時間などで二人一組になる際には必然的にコンビを組まされることが多かった。スポーツ万能を体現しているような幸成は、体育祭ではヒーローだった。

その活躍は一年生でありながら三年生を食うほどで、一躍スターになった。そんな幸成に対し、俊はどちらかといえば運動音痴で、幸成一人なら何をさせてもいつもぶっちぎりで一位なのに、自分と組むと「最下位にはならない」程度になってしまう。

つまりは、分かりやすく「足手まとい」だった。

幸成本人はそんなことを気にした様子はなかったが、それを他のクラスメートから揶揄《やゆ》されることはわりとあって、俊はものすごく引け目を感じていた。

引け目と言うか、それについていじられることが多くて、仕方ないと思いつつも追い詰められていた。幸成本人は本当に何も言わなかった。ただ言わないというだけで、快くは思っていなかっただろうと思うし、快く思われなくて当然だという事態も結構あった。

体育の時間、よくあったのは「コンビで××を××回」というものだ。

具体的には校舎の周りを二十周とか、腕立て伏せや腹筋を百回などだ。

そういうことの際、半分以上をいつもこなしてくれるのは幸成で、迷惑をかけてばかりいた。だからきっと、俊のことを迷惑に思っていたはずだ。

そのことが申し訳ないのと、物心がついた頃から母と姉という家族構成で育った俊にとって、幸成の——というかクラスの体育会系男子全般の言動は荒々しく思えて少し怖く、近寄りがたかった。

とはいえ、どんな競技でもいつも華々しい活躍を見せる幸成には憧れたりもしていて、いろいろと複雑な感情が入り混じる対象だったのだ。

「じゃあ次……。……おい、次、窓際の一番後ろ、自己紹介」

ついうっかり考え事をしていて、俊は自己紹介の順番が回ってきているのに気づかなかった。

前に座っていた社員が振り返って、

「君だよ」

そう声をかけてくれて、それに俊は慌てて席を立つ。

「あ…す、すみません……、し、どう俊、です。よろしくお願いします」

完全に挙動不審で名乗った俊に、指導担当の社員は少し眉根を寄せると、

「顔色が悪いが、大丈夫か」

そう聞いた。

「いえ、あ、はい。大丈夫です」

俊の返事に、

「体調や気分がすぐれない場合、今回の研修には医師が同行しているので全員、すぐに申し出るように。じゃあ、次」

全員への通達としてそう言うと、すぐに次の社員へ自己紹介を回す。

それに俊はほっとして着席したのだが、ふと視線を感じてそちらに顔を向けると、幸成が俊を見ていた。

それに俊がどうしていいか分からずにいると、幸成が先に視線を逸らした。

――気づかれた……？

いや、名字が変わっているから、気づく確率は低いだろう。

――ちょっと変な奴がいるって思って見ただけだ、きっと……。

俊はそう自分に言い聞かせる。

どうして自分が、元同級生だと気づかれたくないのかと言えば、気まずいからだ。

なぜ気まずいかと言えば、俊は転校の際、クラスメートには何も言わなかったからだ。

一年の二学期末で俊は転校し、三学期に入る時に担任から「転校した」と伝えてもらうだけにしていた。

いろいろ事情があったのだが、まるで逃げるように転校したみたいで、どう思われているかと考えると気が重い。

――よりによって、同じグループなんて……。

名字が変わったのに、旧姓の「相馬」の「そ」も、現姓の「志藤」の「し」も並びでは大差ない。

――研修の間、気づかれなかったら多分、大丈夫……。

新人研修は二泊三日の集中研修と、その後一週間の研修施設での研修がある。社内で統一されている書類作成や、社外対応などを含めたあらゆる基本を叩き込まれたあと、それぞれの適応能力に応じて配属部署の決定がなされる。

その研修は賢治いわく『あれを乗り越えられたら、配属先がどこでも対応できる』そうだが、それを語る眼差しが若干遠かったのは、その研修内容が過酷だったからだろう。

とにかく寝る間を惜しんで覚えることが山積みらしいのだ。

それこそ、人のことをあれこれ詮索する時間もないほどで「宿泊研修で唯一覚えているのは同室だった人物くらいだ」と言っていた。

――だから、多分大丈夫。

そう思っていたのだが、その大差のない、あいうえお順は後にさらに俊を追い詰めることになった。

自己紹介後、事務処理についての研修が早速始まった。

午前中、みっちり二時間半のあと、昼食休憩があり、午後からも三時過ぎに十五分程度の休憩を挟んで午後五時まで、がっつりと研修だ。

休憩時間や昼食時には夏樹が心配して声をかけに来てくれたり、一緒にご飯を食べたりしてくれたのでかなり気は紛れたのだが、それでも幸成に気づかれるかもと思うと、やはり気が重かった。

なんとか初日の研修を終え、やっと荷物を持って宿泊する部屋へ案内されたのだが、そこで再度俊は追い詰められた。

宿泊する部屋は二人で一部屋があてがわれる。それを決めるのも、グループを決めた時と同じ名簿順で、俊は幸成と同じ部屋になってしまったのだ。

賢治の話していた「宿泊研修で唯一覚えているのは同室だった人物くらいだ」の条件をありがたくないことにクリアしてしまった。

――大丈夫！　昔とは名字が違うし！

そのことを心の拠《よ》り所《どころ》にするしかなかった。

が、それは非常に甘かった。

宿泊する部屋に荷物を運び終えると、すぐに夕食。その後は十一時の消灯まで自由時間を兼ねた入浴時間なのだが、自由時間といっても旅行気分で遊ぶ者はほとんどいない。

明日の午前は、今日の研修で学んだことのテストがあるのだ。

そのため、大体自室に戻って自習する。そうでなければ談話室や、食堂のテーブルでグループ学習だ。その合間に、混雑具合を見計らって入浴をする。

俊は夕食後少ししてから夏樹と入浴をすませ、部屋に戻ると俊よりも先に入浴を終えていた幸成が、完全にくつろいだスウェット姿でベッドに寝転んで携帯電話を見ていた。

軽く会釈だけをして、俊は幸成に背を向けるようにして自分のベッドに腰を下ろして荷物を整理する。

「なあ、志藤くん」

そんな俊に、いきなり幸成は声をかけてきた。

「……っ、はい」

呼びかけられただけで過剰に反応してしまいながら、俊は幸成のほうを見た。

幸成はベッドから体を起こすと、

「昔、相馬って名前じゃなかった？」

ド直球の質問を投げてきた。

まさかいきなり、何の探りも入れずにそんなふうに聞いてくるとは思ってなくて、俊は一瞬でパニックに陥る。

「えっと…あの」

何とかごまかそう、とぼけようと思ったが、パニックになった頭は真っ白で何も浮かんでこない。

何も浮かんでこなくて、

「母、が……再婚、して」

結局認めるしかなかった。

「じゃあ、やっぱ中学の時に一緒だった相馬？」

「…はい」

俊は頷いたが、幸成は特別に何かの感情を持ったような様子は見せなかった。

「なんだ、そうか。似てる奴だなって思ってたけど名字違うし、他の奴がうちの社長の息子だって話してんの聞いて、別人かとも思ったけど、こんだけ似てる他人っていうのもな」

「志藤の姓を名乗らせてもらってるので、御曹司、とか言われたりすることもあります、けど……跡継ぎとか、そういうんじゃ全然なくて…」

喉に声が貼りついたようになって、たどたどしい物言いになる。

それが自分でも煩《わずら》わしくて嫌になるが、意識すれば緊張で声が震えそうになった。

「ふーん、そうなんだ」

そのあたりの事情にはあまり興味がないらしく、幸成は軽く流した。

だが、そのあとに幸成は別のことを聞いた。

「おまえ、急に黙って転校し……」

そこまで幸成が口にした時、

「俊、入っていいー?」

ノックの音とともに、ドアの外から夏樹の声がした。

「…あ、う、うん!」

俊は即座に夏樹に入るよう促した。

その声にすぐドアが開き、夏樹が姿を見せる。

「お邪魔しまーす」

「どうしたの?」

幸成と二人きりが回避されてほっとしつつ、俊は夏樹に聞いた。

「それがさぁ、俺の部屋、同室の奴の知り合いみたいなののたまり場みたいになっちゃってて、うるさいんだよね。知り合いっつっても、昨日の入社式で知り合ったっぽいんだけど。明日の試験の勉強とかしときたいのに、うるさすぎるから、避難させてほしくてさ」

夏樹はそこまで言うと、幸成を見た。

「かまわないっすか?」

「ああ、別に」

幸成はそう返すと、再び携帯電話に目を向けた。

もう、さっきの話の続きをする気はなさそうで、それはそれで安堵《あんど》したにもかかわらず、気を悪くさせたのかもしれないと俊は落ち込む。

「じゃあ、お言葉に甘えて。俊、暗記一緒にやろうよ」

そんな俊に気づかず、夏樹は俊のいるベッドに腰を下ろすと、持ってきた今日の配布資料一式を置く。

「ちょっと待ってて。荷物、整理しちゃうから」

風呂から戻って荷物整理の途中で幸成に声をかけられたので、まだ俊の荷物は片づいていなかった。

「ああ、じゃあ、手伝うよ」

俊はそう言うと広がっている荷物の片づけを手伝い始める。

「ごめん、ありがとう」

俊も素直に手伝いを受け入れるが、それはもう出会ってからずっと夏樹がかいがいしく世話を焼いてくれて、それに慣れてしまっているからだ。

最初の頃は、

「大丈夫、自分でできるから」

と断っていたのだが、

「自分でできるのは知ってるよ。でも、二人でやったほうが早いでしょ？」

と言われて、断るほうが申し訳なくなって、それ以来、ありがたくいろいろなことを手伝ってもらっている。

荷物を片づけると、真面目に勉強が始まった。

二人で勉強をし合うのも、いつものことだ。

転校した中学は高校まで併設だったし、大学も同じところに進学したので、試験のたびにこうやって二人で勉強してきた。

時折ちらりと幸成を見ると、幸成も明日の試験は気になるらしく寝転んだままではあるが、真面目にレジュメを見て暗記をしている様子だった。

そのまま、夏樹とは消灯時間まで一緒に暗記物を中心に試験対策をしていた。

消灯の十分前には廊下や共有スペースにチャイムが流れ、部屋の外に出ている者は部屋へ戻ることを促される。

「もう、消灯みたいだね」

見入っていたテキストから目を離して俊が言うと、夏樹は大袈裟に思えるほどのため息をついた。

この時、俊はベッドの上で壁に背中を預けて脚を伸ばした状態でいたのだが、その隣に並んで同じように座していた夏樹は、急に横に倒れてきて、俊の脚の上に強引に膝枕をするような形で寝転ぶ。

「もう、俺もこのまんまここで寝よっかなー。部屋に帰るの面倒だし」

「何言ってんの。さすがにシングルベッドに二人はきついよ。っていうか、夏樹くん一人でもシングルはギリギリなのに」

「大丈夫だって、俊が小さいから」

笑って言う夏樹の頭を、俊は軽く叩く。

「そんなに小さくない。重いから、さっさと起きて」

「もう、冷たいなぁ」

おどけた声で言いながらも夏樹は体を起こすと、持ってきたレジュメをまとめてベッドから立ち上がった。

「じゃあ、また明日ね」

「うん。おやすみ」

「おやすみ」

そう言うと手をひらひらとさせて部屋を出ていった。

そうすると当然のことだが、幸成と二人きりになってしまう。

夏樹が来る前に聞かれかけた「黙って転校した理由」を再び聞かれるかと思ってビクビクしていた。

「なあ、相馬…じゃなくて志藤」

寝支度を整えた幸成が口を開く。

「な…んで、すか」

やっぱり、と身構えた俊だが、幸成が聞いたのは別のことだった。

「さっきの奴って、友達？」

「あ、はい。中学から大学まで一緒で」

「ふーん。じゃあ、いつもあんな感じか」

「あんな感じ…？」

どういう意味かと思ったが、

「試験前はよく一緒に勉強してました。お互いに得意分野が違うから、教え合うと丁度よくて」

今、していたことと言えば明日の試験のための勉強だったので、そう答える。

幸成はほんの一瞬眉根を寄せたが、

「仲いいんだな」

そう返すと、

「俺、先に寝るわ。悪いけど、電気頼む」

と、ベッドに横になってしまう。

「あ…はい、分かりました。おやすみなさい」

俊はそう言って、まだ整えていなかった寝支度を急ぐ。

別にのんびりとしているつもりもないのだが、大体いつも準備が遅いというか、ゆっくりになってしまって、結果夏樹に手伝ってもらうことになっている。

——ホント、いろいろダメだなぁ。

社会人になったのだから、もっとしっかりしないと、と自分に言い聞かせた。

◆
◇
◆

「俊、もっと食べないとダメだって」

「でも、朝はそんなに入んない……」

「小食なのは知ってるけど、せめてヨーグルトだけは全部食べよ？」

翌日、朝食の席で俊の隣に座した夏樹は、いつもの調子で俊の世話を焼く。

昔から合宿だの修学旅行だのの際には、クラスが離れていても夏樹がやってきて、ヘタをすれば朝食を水分だけですませそうな俊にあれこれ食べさせようと頑張っていた。

夏樹の世話焼きは食事の時だけではなく、朝の洗面から発揮されていた。

洗面は共同の洗面所ですませるのだが、その際も俊が顔を洗い終えるのを待ってタオルを差し出し、着替えを終えて部屋を出てくるとネクタイが歪んだりしていないか確認し、そして今の朝食である。

だが、もはや夏樹がそうやって自分の世話を焼いてくれるのに慣れっこになってしまっている俊は、言われるまま、されるままだ。

研修グループは離れているが、休み時間も昼食も会いに来て世話を焼くし、研修が終わって宿泊施設のほうに戻るとやはり夏樹がやってきて、昨日と同じように明日の試験に備えて俊の部屋で一緒に勉強をする。

「権利関係の確認って法務部なのに、なんでこの処理は法務じゃないんだろ？」

「じゃあ、それが間違いってこと？」

「ううん、間違いはこっちの会計処理のはずなんだけど……」

頭を悩ませついでに、朝からの試験と午後からの詰め込み講義、それと昨夜は寝不足になってしまったせいで、俊は下りてきそうになる目蓋《まぶた》を擦る。

その手を夏樹はすぐに摑んで止めた。

「目を擦っちゃダメだって。目に悪いから」

「うん…」

「眠いの?」

「ちょっとね。試験でも頭使っちゃったし」

そう言ってごまかそうとしたが、

「朝から目が赤かったもんね。寝不足?」

夏樹はどうやら見逃していなかったらしい。

昨夜はあのあとすぐに電気を消してベッドに入ったのだが、なかなか寝つけなかった。

枕が替わると眠れないというほど繊細なわけではなかったが、まさかの再会のせいで神経が高ぶってしまったのかもしれない。

「ちょっとだけ」

うとうとしては目を覚まして、それを繰り返すうちに朝になっていたのだ。

「明日の夜には家でゆっくり眠れるから、頑張ろ?」

夏樹が俊の頭を撫でた時、

「おまえら、ちょっといい加減にしとけよ」

隣のベッドの上で昨日と同じく一人で勉強をしていた幸成が不意に言った。

「いい加減って何がですか?」

そう返したのは夏樹だ。

「周囲がおまえらのこと、変に思ってんぞ。いっつもベタベタして」

幸成の言葉は事実だった。

夏樹が俊の世話を焼いているのを見て、訝《いぶか》しむなり、よろしくない妄想をかき立てるようなことを噂している連中は多かった。

俊の耳に入っていないのは、俊が御曹司だということが、昨日の夜のうちにほとんどの新入社員に知れ渡っていたからだ。

御曹司の気分を害したら首が飛ぶかもしれない、などともまことしやかに噂されていた。

「別に、俺らはこれが普通なんで」

それで夏樹はまったく動じる気配はなく、そう返したが、

「世間一般的には普通じゃねぇよ」

即座に幸成は切って捨てた。

その口調は少し強くて、夏樹が言い返そうとするのを俊が腕を摑んで止める。

「俊……」

夏樹に名を呼ばれて、俊は頭を横に振る。

それに夏樹はため息をつくと、

「勉強、しよ」

そう言ってテキストに目を戻す。

気まずい静寂の中、幸成は一つため息をつくと財布を持って部屋を出ていった。

恐らく、何かを買いに出かけたのだろう。

充分足音が遠のいてから、

「ゲスの勘繰りもいいとこだよね」

夏樹は俯《うつむ》いてしまっている俊の頭を撫でた。

「うん……」

そう返したものの、さっきの幸成の様子からすると、少なくとも悪感情を抱かれたことだけは確実だ。

——軽蔑、された…かな。

もともと、いい感情は持たれていなかっただろう。

それが、今のことでもっと悪いほうにいったと思う。

別に全員から好かれていなくては嫌だというような気持ちはないが、悪意を向けられたりするのはつらい。

それだけのことをしてしまったのは自分なんだとも思うが、それでも、いい気はしない。

「でも、やっぱり、学校にいた時みたいにっていうのは、ちょっと考えたほうがいいのかな……」

押し黙った挙げ句、俊は呟《つぶや》くように言った。

「さっきの奴が言ったことなんか、気にすることないよ。今までだって誰も言わなかったんだし」

夏樹は言ったが、俊は頭を横に振った。

「ううん、今までとは、違うから。社会人になったんだし……僕もいつまでも夏樹くんに甘えてばっかりはダメだし」

「甘えるってほどじゃないし、ダメでもないよ？　俺が勝手に構いたくなって構ってるだけで、俊はちゃんとやってる」

「でも、僕はちゃんとできてる気がしないから……。研修の間、一人で頑張れるだけ頑張ってみる」

その言葉に夏樹は不満げな顔をしたが、俊がこうと決めたら意外と頑固なことも知っているので、夏樹はため息をついた。

「……じゃあ、明日からね。今日は一緒に勉強しよ？」

最大限の譲歩とでもいうように夏樹は言い、それに俊は頷いた。

結局その後、消灯時間になるまで幸成は帰ってこず、帰ってきてからも一言も口をきくことはなく、俊はまた眠れない夜を過ごすことになった。

それでも宿泊研修は翌日で終わりで、俊はなんとか乗り切った。

帰りの電車では寝不足がたたって爆睡してしまい、終点まで行ってしまうという失敗をやらかしたが、学生時代も試験明けは夏樹がいなければ確実に乗り過ごしただろうということが多々あったので、いつもどおりと言えばいつもどおりだ。

その夏樹は、心配だから一緒に帰ると言ったのだが、保養施設からそれぞれの家へ伸びる沿線が違い、送ってもらうことになると、夏樹がものすごく遠回りになる。

だから来る時もバラバラだったのだ。

丁重に断り、一人で帰ってきたのだが、案の定という事態になり絶対に夏樹には報告できないな、と思う。

報告したら、間違いなく「だから言ったのに！」と、心配させること間違いなしだからだ。

夏樹だって同じ研修を受けていて、新入社員という立場では大変さは同じなのだから、あんまり頼ってばかりじゃだめだ、と俊はできるだけ夏樹の世話にならないですむように頑張ろうと決意を固めた。

そして、その翌日からの本社に戻っての研修では、宿泊研修時のテストの成績が発表された。

具体的な点数が伝えられるわけではなく順位発表だけだったのだが、一番は俊だった。

御曹司だから下駄を履かせてもらったんじゃないのかと思った者は少なからずいた。

しかし、本社での研修内容がより実務に近いものになった時、俊の一位というのは実力だということが判明した。

何しろ事務能力が突出しているのだ。

相変わらずグループごとの研修だったのだが、みんなが出された課題を宿泊研修でもらったテキストや補足資料として渡されたレジュメの関係項目を探し探し作っているのに対し、俊は確認的にテキストを開くだけで完璧な書類を作成してしまう。

それを鼻にかけることもなく、必死でテキストを検索している仲間に、そっと自分のテキストのページを開いて見せたり、間違っている個所を教えたりする。

本社研修の二日目の午後には、もう誰も「下駄を履かせてもらった」などと言う者はいなかった。

もっとも「社長の息子だから、今までに書類とか見たことあるんじゃないの？」などと言う者もいたが「見たことがある程度で、あんな短時間で完璧なの作れるわけねぇだろ」と、他の誰でもない俊と同じグループの新入社員たちが援護してくれていた。

「……なんでこんな複雑な書類簡単に仕上げられんだよ、おまえ……」

がっくりとうなだれるのは幸成だ。

幸成は試験の結果も芳《かんば》しくなかった。

事務的な作業が苦手で、苦手だと思うから余計に進まない。

今も三時の休憩時間に入り、グループの面々が息抜きに出かける中、幸成は課題の書類が仕上がらず居残っている。

俊は休憩に行こうかと思っていたところだったが、声をかけられたので足を止めると、

「複雑だと思うから、複雑に思えるだけですよ。書類の形式は大きく四つしかないし、そこにバリエーションとオプションがあるだけだから、覚えちゃえばあとは慣れだと思います」

そう言いながら前の席に腰を下ろし、幸成が詰まっている書類について書いてあるテキストの場所を開いて見せる。

「このページの書式で、企業名とか日付とかに気をつけてください」

「悪ぃ、助かる」

幸成はそう言うと、テキストとにらめっこをしながらパソコンに入力していく。

「でも、明日からは実際に会社のシステムを使っての研修になるから、そっちは怖いですね。ミスをやらかしたらシステム全体に影響出ちゃうかもしれないし」

しょせん書類作成はパソコンの中に入っている書式をあれこれいじり回すだけのことだ。だだ、実際のシステムを使うとなると、やはり怖い。

もちろん、ミスをした場合のやり直し方なども習ってはいるが、机上学習しただけだ。触ってみなければ分からなくて、不安だ。

「怖がらせんなよ。泣きそうになるわ」

苦笑いして言った幸成に、俊はハッとした顔になり、

「ごめんなさい、そういうつもりじゃなくて……」

即座に謝る。

その表情に幸成は苦い顔をすると、

「冗談のつもりだったんだけどさ……。もしかして、おまえが誰にも何にも言わないで転校しちまったのって、俺が苛《いじ》めたっつーか…そういうつもりなかったんだけど、そう思ってたから、とか?」

宿泊研修の時に聞かないままだったことを、今度ははっきりと聞いた。

まさかいきなり今それを問われると思っていなかった俊は息を呑んだ。

「えっと…それは、その……」

「苛めた側にそういうつもりなくても、苛められた側がどう思うかって別問題じゃん? 俺、ホントにそういうつもりなかったんだけど、おまえが転校したあと、別グループの連中に、苛めてたっぽく見えたって言われてさ。そんで、転校したのかと思ってた」

そう言われ、俊は慌てて頭を横に振った。

「それは、違う…違います」

あまりに強い否定に幸成は驚いた顔を見せたが、俊は何から言おうかと頭をフル回転させ、幸成が口を開く前に言葉を続けた。

「前も、出席番号順で前後になって、須賀くんは僕と組まされることが多くて…体育の時とか、組むのが僕じゃなかったら、いつだって一番なのにって思って申し訳がなくて……。それに、腹筋も腕立て伏せも、外周を走るのも、須賀くんがほとんど終わらせてくれて、僕は須賀くんの負担にしかなってなくて、それが本当に悪いなって思って……」

罪悪感を覚えていたから、他の男子にそのことを揶揄されると本当につらかった。悪気がないにしても、だ。

「あと、僕は物心がつく前に父が亡くなったので、母と姉っていう女家族の中で甘やかされて育ってきて、小学校の時の友達はインドア派っていうか草食系ていうかだったから、中学に入ってその頃の友達と学校が違ったりクラスが違ったりで、自分のクラスの男子の荒っぽさっていうか元気のよさみたいなのにカルチャーショックっぽいの受けちゃって……」

「あー……、うちのクラス、なんかそういう奴らが固まってたからな…」

確かにあのクラスはやんちゃな男子が固まっていた。朝の挨拶に拳がボディーに入ることも珍しくなかった。もちろん、遊びだし、誰彼なくやるわけではなかったが、そういうのを見るだけでも女子は怖がっていたから、俊もそうだったのだろうと簡単に察しがついた様子だ。

「馴染めないでいる間に、なんか一人でいることが多くなって、引っ越しが決まった時も、特に報告する相手っていうのも思い浮かばなかったし、喪中だったから年賀状も出せなかったし……」

母親の美都子が再婚したのは十月だった。

本当は俊が二年に上がる機会にと思っていた様子だったが、美都子の母——つまり俊の祖母の余命がいくばくもないことが分かり、再婚を急いだ。

その時点で俊の名字は変わっていたのだが、二学期が終わるまでは旧姓のまま今の中学に通うということになった。

その祖母は十一月に亡くなり、忌引きで学校を休んだのでクラスのみんなが俊が喪中だということを知っていた。

「クラスのみんなも喪中だから気を遣って年賀状はなしにしてくれて、先生にもあんまり詳しい事情は言わないで家庭の事情で転校したってだけ伝えてほしいって頼んでたから、そのままフェードアウトみたいになっちゃって」

俊の説明に、幸成はほっとしたような顔をした。

「なんだ……そうだったのかよ」

「ごめ…すみません」

「いや、謝んなって。苛めたと思われてたらどうしようかって、ちょっとわりと悩んでた。文化祭の時とかも無理矢理、俺らのグループが押しつけたみたいなとこあったし」

それに、俊はやっぱり激しく頭を横に振る。

「それは絶対にない、です。むしろ僕のほうが…運動全然できなくて、迷惑ばっかりかけて、面倒くさい奴だって嫌われてると思ってて」

「いや、メーワクとか思ったことなかったぜ？　見るからにちっさくてひょろいから、腹筋とか無理なの分かりきってたし、人の倍やったってどうってことなかったし」

「でも、僕と組むと、いつもびりっけつ争いで…」

「体育祭とかでそうなったらきついけど、体育の時間のなんか、遊びみてぇなもんじゃん。マッチアップとしちゃ、俺がぶっちぎりより、ハンデ戦っつったらアレだけど、そのほうが面白いじゃん。わりにおまえが頑張れて、順位上がったりしたら嬉しかったりしたし」

思ってもいなかった幸成の言葉に、俊は嬉しさから、思わずといった様子で笑った。

「……なんか、すごくほっとしました」

そう言った俊に、

「おう、お互いほっとできてよかったよ。なんか、やっぱ引っかかってたから」

笑いながらそう返した幸成は、俊の頭を撫でた。

夏樹になら、され慣れていることなのに、幸成がまさかそんなことをするなんて思っていなくて、俊の心臓が一つ大きく跳ねた。

恐らくその時の俊の顔が奇妙なものだったのだろう。

幸成は慌てて頭から手を離すと、

「なんか、おまえの友達が撫でたくなるの分かる気がするわ。仔犬とか仔猫とか、そういうのに似た感じっつーか」

と笑う。

「……まだ哺乳類でよかったです。家じゃ、環境の変化への対応のしきれなさは熱帯魚レベルだって言われてます」

呟くように言った俊に、幸成は「わりと辛辣《しんらつ》な家族だな」と笑った。

2

過去の誤解が解けた俊と幸成は、互いに抱え込んでいたわだかまりが消え、いい感じに関係修復ができた。

本社研修が終わる頃には、軽い冗談を返すことができるほどになっていた。

いい関係を築くことができるようになったものの、研修が終わると正式に配属先が決定された。

その結果、幸成と夏樹は営業に、俊は総合事務に配属された。

「俺も総合事務がよかったのに……」

唇を尖らせてぼやいたのは夏樹だ。

「夏樹くんは人当たりもいいから、絶対に営業のほうが向いてるよ。事務作業だけなんて、もったいないよ」

俊がそう言っても、

「だって総合事務、フロアも違うし、俊と会えないじゃん。せっかく同じ会社なのに」

と、まだまだ不満げだ。

「お昼休みとか、会えるよ」

「それだけじゃん。ただでさえ、最近、俊は何でも自分でやるってきかないから、手伝いもできないしさぁ」

宿泊研修で幸成に言われてから、俊はできるだけ夏樹に頼らないようにしている。夏樹は何かとすぐに手伝おうかと言ってくれるのだが、大丈夫、と一人でするようにしているのだが、なぜか不満らしい。

「独り立ちを祝福されてもいいと思ってるんだけど」

呟いた俊に、夏樹は、

「ダメ。こんな急に独り立ちされたら、俺、『空の巣症候群』になっちゃうよ」

真面目な顔で俊の手を握る。

「……空の巣症候群は、子育てが終わった親がなるものだよ？」

そう言っても、夏樹は聞き入れようとしない。

「親でもなんでもいいから、とにかく俺は俊の独り立ちはまだ許容できないの」

「でも、部署のことはどうしようもないよ」

「それは分かってる。だから、昼休みだけは、絶対一緒に食べよ？　あと、帰る時とか、一緒に帰れそうなら一緒に帰ろうよ」

その言葉に俊は少し笑った。

「似たような言葉、高等部に上がってクラスが離れた時も言ってたね」

「あの時は、校舎も違ったし、もう絶対このまま離れ離れになるってすごい危機感だったの！」

夏樹は力説するが、「離れ離れになる危機感」があったのは、むしろ俊のほうだ。

大人しくて目立たず、どちらかと言えば人見知りな俊と違い、華やかで目立つ夏樹は人当たりもよくて友達が多かった。

高等部に上がってクラスが離れたと分かった時、俊はものすごく不安になった。

夏樹はきっとすぐに友達ができて、そっちと親しくなって、校舎まで離れてしまった自分とは疎遠になるだろう。

夏樹にとって俊は「たくさんいる友達の一人」でしかないが、俊にとって夏樹は「数少ない、かけがえのない友達」だった。

転校後にできた友達も「夏樹の友達」で、夏樹と親しくなることによってできたものだったから、彼らも夏樹から離れた自分とは距離を置くかもしれないと思っていたのだ。

だが、夏樹は校舎が離れても、しょっちゅう会いに来てくれて、昼食は必ず一緒に食べた。

俊のクラスの生徒に「俺が離れてる間、うちの子よろしくね」なんて冗談交じりに、けれど少し本気で心配して言ってくれるほどだった。

おかげで、俊は夏樹と離れてもあまり寂しいと思わずにすんだ。

「とにかく、お昼ご飯は一緒に食べようね」

念押ししてくる夏樹に、俊は頷く。

そんな光景を他の新入社員たちは「ああ、またあの二人か」と、もはや慣れた様子で見守る。

俊と夏樹の仲のよさ——そういう付き合いなのではないかと訝しまれたほどの——は、すでに日常の光景になりつつあった。

「志藤くん、昨日頼んだ書類なんだけど」

先輩社員に声をかけられ、俊はやりかけの仕事の手を止めた。

「申請書類一式ですね。こちらに準備してあります」

そう言って、引き出しから取り出した書類を手渡す。

「わ、早い」

先輩社員は受け取った書類をパラパラとめくったあと、

「ちゃんと自署と印鑑の必要なところには付箋《ふせん》立ててくれてるんだ。助かる」

俊の気遣いに、ちゃんと気づいて褒めてくれる。

「ありがとうございます」

「わりと印漏れする人多いんだよね。研修でびっちり習ってくるはずなのに。ありがとう、さっそく配ってくるわ」

先輩社員は書類を手に部署を出ていく。

「今年の新人は即戦力以上だな」

「書類の正確さは基本っつったって、慣れるまでは抜けとかあってもおかしくないのに、むしろこっちの抜けを指摘されるレベル」

隣と前の席の先輩社員が笑みながら言う。

「褒められすぎると、怖いんですけど」

「そういう謙虚さも、オジサンたちは大好物です」

一回りほど年上の社員が通りがかりにそう言っていき、

「あら、お姉さんたちも大好物よ？」

と、やはり同じくらい年上の女子社員もそう言って近づいてくると、

「この仮契約書類、本契約の書類にしてくれる？」

新たな仕事を振ってきた。

「急ぎですか？」

「明日の朝一で部長にお願い」

「じゃあ、今日中に作成して、先輩に一度チェックをお願いします」

「了解、お願いね」

と、元の席に戻っていく。

俊が総合事務に配属されて十日ほどになるが、今のところ仕事は順調だ。

各種書類の作成と、各部署の連携を取るのが総合事務という部署なのだが、ほとんどの書類が総合事務を通過するため、どの部署が現在どんなことをしているのかなどの情報が自然と入ってくる。

そのため裏では情報部などとも言われているらしい。

「そういや、営業部の新人もなんかスゲぇっぽいぞ。契約、もう何件か取ってきてる」

「マジか？」

その話に俊は仕事の手を止め、聞いた。

「そうなんですか？」

「おう。あ、片方は志藤くんの友達だよな。兼條のほうだっけ？」

そう言われて、二人ともです、と言おうかどうか迷ったが、幸成はかつての同級生なだけで、友達と言うのはおこがましくて、

「はい。須賀くんとは宿泊研修で同室でしたけど」

そう伝えてみる。

「ああ、そうだったんだ。どっちもスゲぇよ。営業は取ってきた契約で給料に上乗せがあるから、給料日来たらなんか奢《おご》ってもらうといいぞ」

冗談交じりに言われ、俊は「今から何を奢ってもらうか、考えておきます」と返して、仕事に戻る。

知り合いが二人とも褒められているというのは、自分のことじゃなくても気分がいい。

――二人も頑張ってるんだから、僕も頑張らないと。

そう思って、仕事に没頭するうち、あっという間に午前の仕事時間が終わり、昼食の時間になった。

志藤物産本社には社員食堂があり、半数以上の社員がそこで食事を取る。

俊は夏樹と最初に約束したとおり、いつも一緒に食事をしていた。

「はい、海老フライ一つあげるね」

向かい合わせの席に座ると、夏樹は自分の定食のメインである海老フライ二本のうちの一本を俊の皿の上に載せる。

「え…いいよ。夏樹くんの食べる分、減っちゃうよ」

「ダーメ。おにぎりと小鉢一つですませようとするような悪い子には罰」

夏樹は笑顔でそう返してくる。

食堂ではまず最初に俊が席の確保に向かい、夏樹が二人分の食事を買いに行ってくれる。最初に何を食べるのかを夏樹に告げるのだが、今日はいつも俊が注文しているC定食が売り切れてしまっていた。

他の定食は俊には量が多いので、おにぎり二個のセットとほうれん草のおひたしの小鉢を頼んだのだが、夏樹はそれが気に入らなかったらしい。

「ちゃんとたんぱく質も取らないと」

「……じゃあ、ほうれん草やめて、冷ややっこにすればよかった。野菜だし、たんぱく質だし」

「食べる量を増やすっていう選択肢はないの？」

呆れた、と言い出しそうな様子で夏樹は言う。

「夕ご飯は、ちゃんと人並みに食べてるよ」

「食べないとお姉ちゃんズが怖いからだよね、それ」

即座に指摘してきて、それに俊は唇を尖らせる。

俊の食は細い。

いや、細いというか、一度にたくさん食べられないのだ。

時間をおけばそれなりに食べられるようになるので、家でゆっくりとできる夕食だと、それなりに食べられるし、食べないとやはり夏樹の言うとおり、真奈と博美がうるさいのだ。

真奈はブライダルコーディネーターとして忙しくしているため、同じ時間に食事を取ることは少なくなったが、博美は結婚したといっても賢治を婿にもらっての実家住まいなので、夕食はいつも一緒だ。

そのため、監視は行き届いている。

「お昼ご飯の時間が一時間半くらいあったら、頑張れるんだけど」

「まあ、さすがに会社でそれはないよね。でも、海老フライ一本増えたくらいなら楽勝でしょ？」

引き取る気はさらさらなさそうで、笑顔でそう返してくる。

「……じゃあ、ありがたくいただきます」

「俺もいただきます」

二人とも行儀よく手を合わせ、食べ始める。それから少しした頃、

「悪ぃ、隣いいか」

と、片手に定食のトレイを持った幸成がやってきた。

「よくないんで、他を当たってください」

夏樹がそう返せば、

「じゃあ、おまえの隣やめるわ。志藤、おまえの隣……」

と俊に声をかけてきて、言い終わる前に、

「俺の隣でいいって、ほら、ほら！」

夏樹は自分の隣のイスを引いて促す。

「最初から素直にそう言えよ」

幸成は夏樹の隣に腰を下ろす。

夏樹と二人で食事をしていると、こんなふうにあとから幸成が来ることは、わりとある。

理由の一つは、昼食時の食堂はかなり混雑することだ。俊と夏樹が最初に二手に分かれるのも、そうしないと向かい合わせや隣同士などといった形で席を取れなくなるからだ。

一人分だけなら点在しているが、大体そういう席は部長クラスの隣だったり、女子社員がきゃきゃいと話しながら食べているところだったり、座りづらそうなところが多い。

それなら、知り合いの隣のほうが座りやすい。

理由のもう一つは、営業部に配属された二人が実は結構仲がいいということだ。

仲がいいと言うと少し違うのかもしれないが、営業部に配属された新人は幸成と夏樹だけなこともあり、新人枠として二人一組扱いされることが多く、机も隣同士だし、一緒にいることが必然的に多くなるらしい。

一緒にいることが多ければ、話したりする機会も増えてそれなりの関係を築いていて、その結果が昼食時の相席？　になっている。

「志藤、おまえそれっぽっちで足りんの？」

イスについた幸成は、俊のトレイを見て首を傾げる。

「……不自由はしてません。夏樹くんに海老フライもらったし」

「本当は『押しつけられた』って言いたい雰囲気バンバンするんだけど」

夏樹が笑って言うのに、慌てて俊は頭を横に振る。

「そんなことないよ？　ただ、メインの料理だから悪いなって思っただけで」

「相変わらず仲いいな、おまえら」

呆れた様子で言う幸成に、

「分かりきったことじゃん、俺と俊が仲いいのなんて」

夏樹は悪びれもせず返したあと、

「俊はこんなに可愛いのに、前はボッチだったなんて、前の中学の奴らってどんだけフシアナって感じだけど」

そう付け足す。

夏樹に、幸成と以前の中学で一緒だったことを話したのは研修が終盤に差しかかった頃のことだ。

『随分《ずいぶん》仲よくなったんだね、あんな嫌み言ってきた相手なのに』

そんなふうに言われて、隠しておくようなことでもないので話したのだ。

夏樹は特に何も思わなかったように見えたのだが、俊に対して多少過保護なところがあるせいか、何も思わなかったというわけではないらしい。

「おまえのホームセキュリティー、過剰反応しすぎじゃねぇか？」

だが、夏樹の言葉にも幸成は気にした様子もなく笑って言ってくるだけだ。

「ごめんなさい、セキュリティーレベルの引き下げ方が分からなくて」

俊が返すと、

「ちょっと、酷《ひど》い！　俺がこんなに心を砕いてるのに」

夏樹はわざとらしく泣くふりをする。

こんなやりとりも、中学生の時には絶対にできなかったし、多分、夏樹がいなければ今だってできなかったと思う。

「ごめん、ごめん。夏樹くんには本当に感謝してる。だから、お礼にこれあげるね」

俊が皿の上に残ったおにぎりを一つ差し出そうとすると、

「そういうことするなら、俺の大盛りご飯と交換するよ？」

真顔で夏樹は返してくる。

「……いい、遠慮します…」

引き下がった俊に夏樹は少し笑うと、不意に手を伸ばしてきて唇の端に触れた。

「エビフライのタルタルソースついてた」

そう言って、自分の指で拭い取ったソースを舐め取る。

こんなふうに夏樹が世話を焼いてくるのもいつものことなので、俊は特に何も感じることなく、

「なんで口の端っことかについちゃうんだろ。食べ方おかしいのかなぁ？」

むしろそっちのほうが謎で首を傾げる。

「今の、スルーなのかよ」

呟いた幸成の言葉の意味が分からず、俊は首を傾げて幸成を見た。

しかし幸成は、

「いや、いい。気にすんな」

そう言うと本格的に食べ始め、その後は特に会話はなかったが気づまりというわけではなくて、普通の空気感だ。

そんなことさえも俊には貴重で、それがなんとなく嬉しかった。

◆◇◆

数日後、俊は社員食堂の販売窓口前で固まっていた。

いつもは席の確保に従事している俊が、なぜ販売窓口にいるのかと言えば、今日は夏樹がいないからだ。

昼休みに入る少し前、夏樹から『まだ営業先から帰れないい〜！　お昼は多分どこかで適当にすませることになると思うから、今日は一人で食べて。俺がいないからって、簡単にすませちゃだめだからね！』というメールが来たのだ。

そのため、今日は自力で買い物と席の確保をせねばならないのだが、混雑っぷりに完全に怖気づいた俊は、今日は外のコンビニエンスストアや移動販売車の弁当でも買ってすませようと回れ右をして食堂を出ようとした。

しかし、

「あれ、志藤。どこ行くんだよ」

入口のところで幸成に声をかけられた。

「えっと……今日は、外でお弁当を買おうかと思って…」

「ああ、兼條まだ外から帰ってなかったな。で、販売窓口の混雑っぷりに引いた、と」

いつもの役割分担を知っている幸成は、簡単に察しをつけてそう言ってきた。

「そういうことです」

素直に認めると、

「おまえC定食でいいのか？」

「え？」

「俺がついでに買ってきてやるから、おまえ、席の確保な」

思いがけない申し出に戸惑っていると、

「で、C定食でいいのか？」

改めて聞かれた。

「あ、はい。ご飯は少なめで」

「リョーカイ、じゃあ、席確保よろしく」

結局なりゆきで一緒にご飯を食べることになったようで、俊はいつものように席の確保に向かった。

幸い、席は無事に確保でき、そこで座って待っていると幸成が両手にトレイを持ってやってきた。

「はい、C定食」

「ありがとうございます。あ、これ、お金」

俊の前にC定食のトレイが置かれ、礼を言って用意をしていたお金を手渡す。

「これくらい、いいぜって言ってやりてぇけど、この前、携帯水没させてピンチだからありがたく受け取るわ」

「携帯水没って……」

「外回りってこの時季でも、もう結構汗かくんだよ。洗えるスーツにしてあるからさ、洗濯機に突っ込んで回しちまった。酔ってたし、最悪だぜ」

苦笑いした幸成は、

「と、不景気な話はここまで。食おうぜ。いただきます」

そう言って手を合わせる。

「いただきます」

俊も手を合わせてから食べ始めた。

「それにしてもおまえ、あの程度の混雑で怖気づいてて、よく今まで無事に生きてきたな」

少しした頃、幸成が笑いながら言った。

「いつも夏樹くんが手伝ってくれたから」

「あいつ、面倒見いいからなぁ。でもあいつがいない時もあっただろ？　そんな時はどうしてたんだよ」

そう聞かれて俊は、うーんと考える。

「僕が学校を休むことはあっても、逆ってなかったし……考えてみたら大体一緒かもしれません」

「転校してからずっとか？」

「はい。夏樹くんとも、やっぱり出席番号が前後で…それで最初、いろいろ面倒を見てくれてて、そのままずっと」

俊がそう言った時、

「あら、今日は須賀くんがナイト役なの？」

営業部の女子社員が幸成に声をかけた。

「ナイト、なんていいもんじゃないですよ。兼條が営業からまだ戻ってないんで、なりゆき上です」

「ああ、今日は兼條くん豊川《とよかわ》商事へ行ったんだっけ？　そう簡単に解放してもらえないでしょうねぇ」

「なんか厄介《やっかい》なんですか？」

「ううん、話が長いオジサンってだけ。商談十分、オジサンの語りが三十分みたいな感じね」

「うわ、厄介」

そう返した幸成に女子社員はふふっと笑うと、そのまま友人がいるらしい席へと向かっていった。

「営業って、いろんなところに行ったりするんですよね？」

彼女が去ってから問うと、幸成はああ、と頷いた。

「先輩から引き継いだトコ行ったりもするけど、飛び込み営業のほうが多いかなぁ」

「飛び込みって、全然知らないところにいきなり行くんですよね？」

「ああ。そんでパンフレットとか渡して、運がよかったら話を聞いてもらえる」

「すごいなぁ……、僕はそういうの絶対無理だから」

「その分、事務能力が突出しててんじゃねぇか」

幸成がそう言って笑った時、また別の女子が幸成に声をかけてきた。それは新入社員だった。

「あ、今日は兼條くんじゃなくて、須賀くんが一緒なんだ」

「おう、兼條の代打だ」

「須賀くんが代打なんてもったいない。うちに来てくれたら一軍で四番だよ」

笑って女子社員が言うのに、

「そっちのチームに入ろうと思ったら、ヒゲとスネ毛の永久脱毛必須だろ」

幸成はそんなふうに笑って返す。

その声を聞きつけたのか、他の女子社員も通りがかりにどんどん幸成に声をかけてきた。それを耳にしながら、俊はもそもそとご飯を食べるが、胸の中がモヤモヤしてくるのを感じた。

夏樹といる時もこんなふうに女子社員が声をかけてくることは結構ある。

でも、今ほどモヤモヤしない。

——なんで？

考えるが答えは出なくて、とりあえず食べることに集中する。

その間に女子社員は去っていて、

「志藤。おまえ、俺を隠れ蓑《みの》に一人で飯、堪能すんなよ」

苦笑いして言った幸成の声に、俊ははっとして顔を上げる。

すると幸成は不意に俊の顔に指を伸ばし、唇についたソースを拭った。

「え……」

思いもしなかった行為に俊は目を見開き、そのまま顔を真っ赤にした。

「あ、悪ぃ。口にデミグラスソースついてたから」

今日のC定食のメインはプチハンバーグで、そのソースがついていたのだろう。

「あ、うん……あり、がとう…」

心臓が急にバクバク動き出し、それに気を取られてつい言葉が途切れがちになった。

「いや…、兼條がよくやってっから、うっかり真似しちまったけど、慣れねぇことやるもんじゃねぇな」

幸成はそう言うと、すっかり中断してしまった食事を再開する。

それに合わせて俊も再び箸を動かし始めたが、ドキドキは治まらなくて食べているものの味はほとんど分からなかった。

——夏樹くんがしてくれてるのと同じことなのに……。

それなのにどうしてこんなにドキドキするのか分からなかった。


それから三日ほど、幸成と食堂で一緒になることはなかった。

別に空席を見つけてそこに座ることができた様子だった。

もともと、一緒に食べる約束をしていたわけではないし、いつも一緒になっていたわけでもないから、気にすることではないのだが、あんなふうに過剰反応してしまったあとなので、俊は妙に落ち着かない気分だった。

とはいえ、接点がないわけでなかった。

というか、基本的に業務での直接的な接点はないのだが、事務作業が苦手な幸成は提出書類が滞りがちだ。

締切日になってバタバタするよりはと、俊は出ていない書類を点検しては直接もらいに行ったり、その場で書いてもらったりして、大ごとというか、表に出る前にフォローするようにしていた。

もっとも、書類が総合事務を通過する順番によってはフォローしきれない分もあるのだが、俊の管轄で分かるものだけは、未提出などということにならないようにと思うのだ。

「須賀くん、今日締め切りの書類がまだ出てないんだけど」

こっそり営業部の部署に向かい、幸成に声をかける。

「あ、何の書類だっけ？」

「実務についてからの新人研修内容についての感想と、あと、明日締め切り分だけど……」

メモしてきた書類のタイトルを幸成に見せていると、席を離れていた夏樹が戻ってきて、俊の姿を見るなり、

「また未提出書類の連絡？　俊は須賀くんを甘やかしすぎ！」

と、わざと怒ったふりをする。

「別に、そういうつもりじゃないよ。こっちも早く揃ったほうが次の作業に移れるから……」

俊は一応、そう言ってみるが、夏樹はまったく納得していない顔で、

「俊がこうやってきてくれるなら、俺もわざと提出忘れようかなぁ」

などと言い出す始末だ。

「夏樹くんはできる子なんだから、ちゃんとやって。わざと手を抜くとか、ダメだからね」

窘《たしな》めると、夏樹はやっぱりわざと拗ねた顔で、

「じゃあさー、次の日曜にデートしてよ」

そう誘ってきた。

『デート』という単語に、それを聞いていた営業部の社員たちの視線が夏樹と俊に集まる。

だが、昔から二人で出かける時は――もともとはふざけてだが――「デート」と夏樹は言っていて、俊も呼び方はどうあれ「一緒に出かけること」というだけの認識だったので特に頓着することなく、

「いいよ、別に予定もないし」

軽く返事をする。

「ホントに？　やった！」

「行く場所とか、任せるね？」

「うん、分かってる！」

満面の笑みで返した夏樹はそのまま、部長席にいる賢治に視線を向けた。

「営業部長、義弟《おとうと》さん、お借りします！」

「おー、丁重に扱えよ」

「了解です。部長をお兄様と呼ぶようなことになる前に、ご報告します」

そんなふざけたことを言っても許されるのは、賢治も夏樹が俊の親友だと知っているからだ。賢治がそんな調子なので、営業部の他の社員も「あ、この二人ってこういう感じでオッケーなノリの友達か」とすぐさま認識した様子だ。

その間に、幸成は俊が提出を求めに来た書類を見つけ、記入を終えると差し出した。

「じゃあ、これよろしく」

「はい、確かにお預かりします。じゃあ、これで」

俊は軽く会釈をして、ついでに夏樹には小さく手を振って営業部をあとにした。

◆◇◆

デートの約束をした日曜、俊は夏樹と映画館に来ていた。

「もう、シリーズ四作目か……」

見る予定の映画のポスターの前で足を止め、感慨深げな夏樹の言葉に、俊は頷く。

「一作目って中二の時だから、十年近く前なんだ」

「俊、よく覚えてるね」

「だって、夏樹くんと初めて一緒に観た映画だから」

俊がそう言うと、夏樹は「感動した！」とでも叫び出しそうな顔を見せる。

「俊が俺との初デートのことを覚えてくれてるなんて……！」

「うーん……そういう意味合いじゃなくて、友達と一緒に映画って初めての経験だったから、なんか大人になったみたいな感じで嬉しかったんだよね」

夏樹にしてみれば、普通のことだったのかもしれないが、俊にとってそれまで映画館というのは母親か姉の真奈（と当時は親友だった博美）のどちらかに連れてきてもらうものだった。

つまり「年上の誰かと一緒じゃないと行けない場所」だったのだ。

しかし、俊に誘ってもらえて大人になれたような気がしたのだ。

「じゃあ、俺と一緒に大人の階段を上ったってことだよね？」

「……夏樹くんのその言い方、気持ち悪い」

「えー、気持ち悪いって酷い。オブラートに包んで、もうちょっと」

そう言いながらも夏樹は笑っている。

「じゃあ…微妙。でも、夏樹くんに誘ってもらっていろんな経験ができたよ。華道とか本当に遠い世界のものだったのに、夏樹くんがやってるからいろいろ見せてもらえたりして、すごく貴重な経験させてもらったって思ってる」

俊の言葉に、

「まあ、家が家だから、うちの場合。そういえば母さんが、俊にまた遊びがてら稽古においでって伝えといてってさ」

夏樹は思い出したように伝言をしてくる。

夏樹の家は華道・兼條流の家元であることもあって、夏樹も本人いわく「兼條の人間として必要に迫られて」華道を嗜《たしな》んでいる。

もっとも夏樹の「嗜む」は、一般人の「嗜む」とは全然レベルが違うのだが。

そんな夏樹の影響もあって、俊も大学の卒論が忙しくなるまでは週に二度、夏樹の家に花の稽古に通っていた。センスがないのか、これといって上達はしなかったが、いろんな花を見るだけでも楽しかったし、それらが美しさを最大限に引き立てられて生けられているのを見ると、本当に感動した。

「じゃあ、またお伺いしますって伝えといて。けど、先生も忙しいから、タイミング合えばいいんだけど」

「俊が来るって言ったら、無理にでも時間作るよ、母さんは」

夏樹は笑って言うと、そろそろチケット買いに行こうか、と映画館の入口を指差した。

いつもこういう時のチケットは夏樹が事前に予約をしてくれているのだが、今日はすっかり忘れてしまっていたらしい。

そして、チケット販売機の列に並ぼうとした時、俊はそこに幸成の姿を見つけた。

「あ…須賀くん」

「お?　おまえらも映画かよ」

少し驚いたような顔で言った幸成に、

「俺ら、今日デートだって言ったじゃないですか」

夏樹が答える。

「あー…、言ってたっけな。けど映画とは知らなかった」

「須賀くんは、何を観るんですか？」

俊の問いに、幸成は先に買っていたらしいパンフレットを観せた。それは、夏樹と観ようとしている映画のものだった。

「あ、僕たちと同じ……」

「マジかよ」

そのまま前作までの話をしながら列を進むうち、幸成の購入順になったのだが、画面操作をしていた幸成は不意に振り返った。

「この上映回、二つ並びの席ってここしかねぇぞ」

その言葉に夏樹が横から画面を覗《のぞ》き込む。

「あ、ホントだ。そこ三つ並びですね。須賀くん、俺らの分も一緒に三席買ってくださいよ」

「了解」

軽く答えて幸成は三人分のチケットを購入したのだが、

「つーか、おまえらデートなのに俺と並び席でいいのかよ」

夏樹や俊とチケットの清算をしながら幸成は首を傾げる。

「夕食、予約してるんでこの回観とかないとマズイんですよ。背に腹はかえられないってヤツです」

夏樹はにっこり笑顔で返し、幸成はその説明で納得した様子だった。

そのまま上映される館内に入り、一番奥に幸成、その隣に夏樹、そして俊という並びで座ったのだが、前の席の客が着席した時、俊は戸惑った。

背が高い人物のようで、俊の視線の高さだとスクリーンが少し隠れてしまう。

それに気づいた夏樹がすぐに代わってくれたのだが、そうなると席は幸成の隣になった。

別に、ただそれだけのことなのに、俊は心臓がドキドキしだすのを感じだ。

——落ち着けってば！

自分に言い聞かせていると照明が落とされ、上映が始まった。


「まさか一作目のあんなところの話が伏線になってると思わなかった……」

映画が終わり、出口へと向かいながら俊は感嘆交じりに感想を言う。

「最初から伏線張ってたっていうより、運よく伏線になりそうなエピソードがあったってほうが近いのかもしれないけど、見事すぎて唸《うな》るしかできねぇ感じだな」

幸成もそう感想を告げる。

「一作目からもう一回観直さないと。この調子だとまだ続きそうだし」

そう言った俊に、

「その時は俺も一緒に観るよ。前みたいに一晩中上映会とかしようよ」

と夏樹は誘ってくる。

「そうだね。でも前みたいに一晩中起きてるのはもう無理かも」

「っていうか、一晩中起きてられたことないじゃん、俊は」

夏樹は笑ったあと、

「俺たちこれからお茶飲みに行くけど、須賀くんもどうです？」

不意に幸成を誘った。それに幸成は軽く肩を竦《すく》めた。

「買い物もあるし、おまえのそれ『京のぶぶ漬け』ってのと同じだろ？　馬に蹴られたくないから遠慮しとくわ」

「理解が早くて助かる」

夏樹の返事に幸成は笑うと、

「じゃあな」

軽く手を振って、帰っていった。

それを見送り、俊は夏樹と一緒に近くの喫茶店に入った。

「今回の映画って、新しいキャラクターがいっぱい出てたよね。次があったとしたら、これからはメインで出てきたりするのかな」

喫茶店に入ってもするのは映画の話だ。

「そうなるんじゃないかな。一作目に出てた俳優さんで亡くなった人とか、今はもう俳優辞めてるっていうか、消えちゃった人とかいるし……。その人の血縁的な繋がりとか、別キャラで役目を引き継がせるっていうのはあるかもしれないけどね」

「ああ、そういうパターンもあるか……」

俊は感心したように頷いたあと、

「まさか須賀くんもあの映画が好きだと思わなかったね。それに、まさか今日一緒になるなんて」

そう続けると、夏樹は少し間を置いた。

「……須賀くんが、お茶飲むの断ってきて残念？」

「え……なんで？」

まさかそんなことを聞いてくると思っていなくて、俊は驚く。

「なんか、そういう顔してたよ、さっき」

「それは…映画の感想とか話せたら楽しいかなって思ったから、かも」

「ふーん……。じゃあさ、単刀直入に聞くけど、俊は須賀くんのこと好きなの？」

単刀直入すぎてというか、さっき以上に思ってもいなかった質問に俊は目を見開いた。

「え…、す、好きって……」

「だって、前の中学で憧れてたんだよね？　運動神経抜群で格好よくて」

「そ、れは…そうだけど……好きっていうのは…」

「違うの？　でも、気づいてないかもだけど、今日だって映画一緒に観るって決まった時、すごく嬉しそうだったよ」

「……だって、それは、まさかこんなとこで会うと思ってなかったから」

「会社でだって、食堂で一緒になったらやっぱり嬉しそうだし。須賀くんのこと、結構見てるじゃん」

夏樹はチクチクとつっ込んでくる。

「だから、その、前の中学の時、嫌われてると思ってたから……ずっとそう思ってて、別にそうじゃないってなったから、なんか特別っていうか……！」

慌てて何とか自分の中で理由になるものを探して口にするが、

「そんなに慌てて、必死で理由探すってことは、やっぱ好きなんじゃん。普通、そうじゃなかったら、否定して終了だよね」

夏樹に冷静に返されて、俊は撃沈する。

その俊の様子に夏樹は大きくため息をつくとうなだれ、

「もー、俺だって俊のこと好きなのにー」

そんな告白をしてくる。

だが、それはしょっちゅう耳にする言葉で、

「うん。もう、何回も聞いてる」

もはやそんな返事をするしかなかったりする。

「冗談だって思ってるんだろうけど、俺、本気だからね？」

うなだれていたのに、急に顔を上げて、真剣な顔で夏樹は俊を見る。

「……夏樹くんはモテるじゃん」

会社でも、今日、映画館に入る時も、そして今ここでだって、夏樹をちらちらと見て噂している女

の子がいるのは知っている。

そんなよりどりみどりの環境で、わざわざ男の自分に本気なんていうのは多分、ない。

むしろよりどりみどりで、でも本命がいないから、とりあえずの対策として俊のことを好きだなんて言ってるんだろうと思う。

「言っとくけど、モテ度で言うなら、俺とちょっと層は違うけど須賀くんだって、かなりモテてるからね？　他の部署の女子からだってすごくアプローチされてるから」

夏樹は唇を尖らせて言う。

それに、俊は一瞬息を呑み、

「…うん、そうだよね」

そう返したものの、あからさまにトーンダウンしてしまったのは隠せなかった。

食堂でだって、いろんな人に話しかけられていた。

食堂以外で会うことは俊が書類をもらいに行くくらいしかないから、普段のそういうところを目にすることがないだけで、食堂だけでさえあれなのだから、同じ部署にいる夏樹などはよく知っているだろう。

「え…、ごめん、そんなヘコむと思ってなかった」

あまりの落ち込みように夏樹は慌ててそう言うと、

「でも、まだ誰のアプローチにも応えてないっていうか、わりと鈍いっぽいっていうかフリかもしれないけど、うまくかわしてるっていうか……」

フォローに走る。

それでも俊は「うーん……」という重い返事で、夏樹はため息をつくと、

「ものっすごい嫌だけど！　ほんっとに嫌だけど！　もし、俊が本気で須賀くんのこと好きとか言うなら、応援しないこともない…。できればしたくないけど」

ものすごく「イヤイヤです」というのを全面に押し出しつつ、言った。

とはいえ、俊自身、自分の気持ちがよく分からなくて、とりあえず「うん」としか言えなかった。

3

夏樹に、幸成のことが好きなんじゃないかと言われてから、しばらく俊は自分の気持ちについて考えていた。

とはいえ、実は俊は、男女を含めてこれまで恋愛の意味で誰かを好きだと思ったことがない。

言いきっていいものかどうか分からないのだが、少なくとも自分から「この子と付き合いたい」などと思ったことはなかった。

何をするにしても大体夏樹がいてくれたし、夏樹がいてくれればそれで満足だったから、そういう方面に目が向いたことがなかったのだ。

じゃあ、幸成に対しての気持ちは何なのだろうと思う。

同じクラスになって、幸成は出席番号がすぐ前だった。

その頃から幸成は背が高かった。

すぐ後ろの席の自分が、完全に隠れてしまうほど。

一学期の最初の頃は授業も名簿順の席で、黒板が見えづらくて少し首を傾げて授業を受けていた俊にすぐ気づいて、席を代わってくれた。

幸成にしてみれば、小学校の頃から「須賀くんが前だと黒板が見えない」と他の生徒から不満が出ていたので、すぐにそう思い至っただけで、特別なことではなかったらしい。

けれども、親しかった友達とクラスが離れて一人ぼっちで心細かった俊にしてみれば、そんなふうに気遣ってもらえたことはすごく嬉しかった。

それなのに、そんな幸成に体育の時にはいつも迷惑ばかりをかけてしまって……迷惑をかけてばかりなのに、幸成が活躍する姿を見ていると、とても気持ちがよかった。

キラキラしていて、憧れて……特別だった。

その特別を、恋愛のそれと置き換えてしまってもいいのだろうか？

それは、正直自分では分からない。

けれど、映画の時も、その前に食堂で二人きりになった時も、ドキドキした。

女の子と話していたり、モテると聞いたりすると、モヤモヤした。

それは、つまりは恋愛的な意味で幸成を見ているからなのだろうか？

「……もう、夏樹くんがヘンなこと言い出すから…」

あれから三日。

会社であれこれ忙しく働いている時にはあまり考えないのだが、家に帰ってゆっくりとした時間を過ごしていると、どうしてもそのことを考えてしまう。

ただ、憧れて、それと同時に嫌われてるかもと思っていて、その二つの感情が強すぎて特別な人になってしまっていて、別に嫌われてないと分かったから嬉しくて、それでもっと特別な感じになってしまってるんだと思っていたのだ。

でも、そんな「特別」な感情を持ってしまうのは、やっぱり夏樹が言うように好きだからかもしれないとも思う。

思うけれど、とにかく経験したことのない感情は、どう判別したらいいのか分からない。

「本当、分かんない……」

俊は呟いて、ベッドにダイブする。

「分かんないったら、分かんない」

子供のように繰り返して、一つ小さくため息をついた。


翌週の水曜の退社時刻直前、俊は特急便として回ってきた書類の件で関係部署に印鑑をもらいに奔走していた。

特急便は、社内決済の締め切りギリギリまで内容調整が難航したりして、通常では間に合わない場合に発行されるもので、基本、総合事務の人間が関係部署のすべてに走り担当部長の印鑑をもらってくることになっている。

ペーパーレスだのデジタル署名だの、そういうものもある時代だが、志藤物産では基本「紙」だ。

「あと…は営業部だけだから、賢治さんの印鑑もらったら終わりだな」

時計を見ると退社時刻まであと二十分ある。

印鑑をもらうだけなら五分もかからない。部署まで走れば三分。部署で処理を上げるのに五分もかからない。充分間に合う計算だ。

頭の中でそんな計算をして、営業部のフロアに足を踏み入れた時、俊の耳に飛び込んできたのは賢治の厳しい叱責の声だった。

「前から何度も書類は到着したその日に見て、その日のうちに決済が基本だと言ってるだろう！」

賢治が怒るところなどほとんど知らないというか、初めてそんな現場に居合わせた俊は驚いて足を止めた。

その賢治に怒られているのは幸成だった。

「おまえ、明日から外出続きで机の前にほとんどいないだろう。残業してでも今日中に書類を上げろ、いいな」

「はい……」

幸成がそう言って振り返る前に、俊は慌てて一度営業部のフロアから出て、それから一呼吸置いて、さも「今到着しました」というふうを装って、賢治の机に向かった。

「志藤営業部長、特急便にハンコをください」

そう声をかけた俊を見た賢治の顔は、いつも家で見るのと同じ温和なものだった。

「お使いか、ご苦労様。何の件の書類？」

「深沢《ふかざわ》興産との件です」

そう言いながら俊は書類を見せる。

「ああ、やっと調整ついたのか」

賢治は書類に一通り目を通してから、空欄になっている営業部の場所に自分の印鑑を捺す。

「はい、どうぞ」

「ありがとうございます」

礼を言って、俊は営業部をあとにすると、急いで自分の部署に戻る。

そして無事に処理を終えて、一息ついた頃、退社時刻のチャイムが鳴った。

総合事務は繁忙期でなければ基本的に残業はない。

退社時刻のチャイムまではみんなバリバリと仕事をしているのだが、チャイムが鳴るとよっぽど急ぎの仕事でもなければ切り上げて帰り支度を始める。

理由は、残っていたら他の部署から無茶ぶりな書類を回されることがあるからだ。

普通の書類なら「じゃあ明日の朝イチ処理で上げときます」ですむのだが、無茶ぶりな書類には関わりたくない。

というか、関わると何らかの形で総合事務にもマイナスがつくことが多いので、とにかく逃げるようにしてでも、さっさと帰る、というのが総合事務の伝統で、この日も十五分もすれば俊以外誰もいなかった。

俊だけになったのは、帰り支度が遅いからに他ならないわけだが、今日だけはそれが役立った。

俊はＩＤカードをタイムレコーダー端末に通すと、そのまま営業部に向かった。

営業部も基本的に残業はないが、営業先から戻る時間の関係もあって総合事務ほど時間きっかりに終わるということはなく、まだまだ社員が残っていた。

賢治の姿はなく、ちらりと部署のスケジュール表を見ると「17時30分より会議」と書いてあったので、そっちに向かったのだろう。

俊はほっとしつつ、机に向かって書類と格闘している幸成に歩み寄り、声をかけた。

「須賀くん、書類手伝いましょうか?」

「え…志藤、どうしたんだよ。兼條ならいいねぇってか、書類ってなんで……」

まさか俊が来ると思っていなかったのか、幸成は驚いた顔をした。

「夏樹くんが午後から、商談の流れの接待に駆り出されて直帰なのは知ってます。書類の件はさっき、急ぎのハンコをもらいに来た時に、賢治さん……志藤部長に提出をせっつかれてるのが聞こえて、手伝えることがあったらと思って」

俊がそう言うと、幸成は複雑そうな顔をした。

「ありがてぇけど、悪いよ」

「僕が手伝ったり見たりするとダメな書類とかありますか?」

「いや、そうじゃねぇけど、俺が溜め込んだ書類だから……」

自分で全部やるのが筋だと言いたいのだろうことは分かった。だが、

「でも、その量を須賀くんが一人でってなると、帰るのすごく遅くなりますよ。須賀くんには中学の時にたくさん助けてもらってるので、お返しもしたいし、手伝わせてもらえるとありがたいです」

俊の言葉に、幸成は少し困った顔をしたが、

「悪い。じゃあ、ちょっと頼む」

背に腹はかえられないと言った様子で、手伝いを受け入れてくれた。

「頼まれます」

　俊は笑って返すと、幸成の隣の、いつもは夏樹が座っている机についた。そして積まれている書類の内容と処理の確認をすませると種類別に分類していく。

　幸成が溜め込んでいた書類は、総合事務へ回ってくる順番が遅いものや、関係部署で取りまとめられたあと、別の形式の書類になって回ってくるものなど、俊の網に引っかからなかったものばかりだ。

「この書類は署名とハンコだけでいいです。内容はあとでまとめて説明します。それからこっちは経理に出す営業の必要経費のものなので、電車代とか、そういうののメモなりなんなりあったら出してください」

「あ…全部スマホのスケジュールにメモってるから……これ、見て。操作分かる？」

　幸成は自分の携帯電話を俊に差し出した。

「はい、大丈夫です。分からないところがあったら聞きます」

　俊は預かった携帯電話のスケジュールを呼び出すと、まず日付ごとの経費を一覧にしていく。そのあとでまとめて書類に書き写し、この一ヶ月程度の経費の申請書類はでき上がった。

「……研修の時も思ったけど、おまえ、ほんとに事務処理速いよな」

「能力スペックを全部そこに突っ込んだと部署では言われてます」

　苦笑いして返す間も、書類を処理していく手は止まらない。

　俊の事務能力をフルに発揮した結果、七時過ぎにはすべてが終わっていた。

　書類の処理自体はもっと早くに終わっていたのだが、処理した書類の内容を幸成に説明する時間が必要だったからだ。

そうでないと、署名とハンコを捺したのに内容を知らないのかとあとで問題になりかねない。

「――以上が、処理した書類の内容です。変更点や次の締め日などはここにまとめてあります。それから、これが計算した経費の一覧です。経理から受理の連絡が来るまでは保存しておいてください」

そう言ってメモを渡すと、幸成は大きく息を吐いた。

「マジで助かった……。俺、絶対終電で帰れるかどうかだと思ってたから」

「大袈裟です。でも、お役に立ててよかったです」

俊は借りていたペンを夏樹の引き出しに返し、立ち上がった。

「もう帰んのか？　っつーか、俺に付き合わせてたんだけどさ」

「はい、帰りますよ？」

「よかったら、一緒に夕飯食いに行かねぇ？　あんま豪勢なもんは無理だけど、礼に奢る」

その申し出に俊は驚いた。

「え、そんな……お礼をしてもらうほどのことは何も……」

「おまえにとっちゃそうでも、俺にとっちゃそれくらいさせてもらえなきゃ居心地悪ぃんだよ。何の用事もなかったら、付き合ってくれよ」

そう言われると断るのも悪くて――それに、本当は幸成に誘われて嬉しいと思う気持ちも強くて「じゃあ、ごちそうになります」と好意に甘えることにした…のだが。

「え、臨時休業ってマジかよ」

幸成は行きつけの店に貼りつけられている「本日臨時休業します」の貼り紙に頭を抱えた。

「残念ですね」

俊はとりあえずそう言ってみたが、幸成は大きくため息をつく。

なんとなく流れで飲みに行こうということになったのだが、一軒目の幸成の行きつけは満員で、二軒目のここは臨時休業という残念な結果だ。

「もう一軒、行きつけはあるんだけど、ちょっと遠いんだよな……」

うーん、と悩んでいる様子の幸成に、今日はもういいですよ、とどういうふうに切り出せば幸成の気分を害することなくすむだろうかと俊は悩む。

しかし、俊がそのタイミングを計る前に、幸成が口を開いた。

「とりあえず俺のマンションに来ねぇ？　そこらのコンビニで適当に食うもんとか飲むもんとか仕入れてさ」

「え？」

「礼は、後日改めてってことで。こんな時間まで連れ回して、何も食わせねぇで帰すってのもアレだからさ。コンビニ飯で悪ぃけど」

その言葉に俊は戸惑った。

仕事を手伝ったといっても、俊にしてみれば大したことのない量だったたし、そもそも自分から望んで手伝ったのだから、お礼をされるほどのことでもないのだ。

それなのに、ここまで気にしてもらうのはかえって申し訳ない気がしてくる。

――須賀くん、疲れてるだろうし、部屋に帰ったらくつろぎたいだろうし……。

自分がいると迷惑じゃないかなと思うのだが、『須賀くんの部屋』を見てみたい気持ちもある。

――でも……。

俊の頭の中で、すごい勢いでどう答えるべきかの押し問答が始まる。その様子に、

「あ、やっぱコンビニ飯とか、無理？」

幸成はそう聞いた。

「う…ううん！　いや、かえって悪いことしたかなって思って。コンビニは全然大丈夫っていうか、普通にコンビニのお弁当好きだから、大丈夫です」

俊がそう返すと、幸成はどこかほっとした顔で、じゃあ行こうぜ、と歩き始めた。

途中にあるコンビニエンスストアでそれぞれの夕食にする弁当と、そして飲み物を仕入れ、俊は幸成の住まう部屋に足を踏み入れた。

――ここが須賀くんの部屋なんだ……。

買ってきた弁当を温めてもらっている間、俊は部屋の中を見回した。

広めのワンルームには、ベッドと、テレビやコンポなどとその他の雑貨類をまとめて載せたメタルシェルフと、あとは折り畳み式のローテーブルで、そこかしこに生活感がある。

「あんま片づいてなくて悪ぃ。適当にそのへんに座って」

弁当を温め終えた幸成が戻ってきて言う。それに、俊はとりあえずローテーブルの前に腰を下ろしたのだが、その時、肘が当たって積んであった雑誌を倒してしまった。

「あ、ごめんなさい」

「別にかまわねぇって、適当にそのへんに積んどいて」

そう言われたものの、崩れた雑誌はすべてグラビア雑誌で、極端に布面積が少ないビキニを身につけた巨乳女子やら、濡れTシャツを身につけた巨乳女子やら、とにかくすべての表紙に巨乳が乱舞していた。どうやら巨乳を特集してある雑誌のようだ。

「あ、おまえも巨乳好き？」

表紙を見て固まっている俊に、幸成は声をかけてくる。

「え、いえ。……なんていうか、表紙から、すごいなって思って」

俊は我に返ると、急いで雑誌を積み上げる。

「おまえ、そういう雑誌とか買わなそうだもんな。つか、見たことないとか言い出しそう」

「見たことくらいは…。学校で密かに回ってきたりもしたので」

「へぇ？　兼條あたり、おまえがそういうの見るの嫌がりそうだけど」

笑いながら言った幸成は買ってきた缶ビールの蓋を開ける。

「とりあえず、お疲れ」

そう言われて、俊は慌てて自分の缶チューハイの蓋を開けると、差し出された缶ビールにそっと押し当てて乾杯をする。

「お疲れ様でした」

「マジ、助かったわ。俺の当初の予定だと、今頃は半泣きでコンビニで買ってきたカップ麺《めん》をすすりながら、小人が出てきて書類を手伝ってくれねーかな、とか現実逃避してる感じだったから」

「靴修理以外も小人さんって手伝ってくれるんでしょうか？」

「さあ？　でもその代わり、事務処理に特化した小人がやってきて、仕事終わらせてくれたって感じだけど」

　その幸成の言葉に、俊は少し眉根を寄せる。

「僕、そんなに小さくないです」

「いや、小せぇよ。一六五くらい？」

「一七〇に五ミリくらい足りない程度です」

　俊が答えると、幸成はことさら驚いた顔をした。

「え、そんなにあんのか？　サバ読んでねぇ？」

「読んでません。実寸です」

「マジか……兼條と並んでっと、女子と大差ねぇように見えてたから」

「夏樹くんが大きすぎるんです。一八七とか、ふざけてんですかって身長ですよ？　その隣に並んだら誰だって小人です」

　多少憤慨したように言った俊に、

「悪ぃ、俺、最後の身長測定で一八九って言われたわ」

　あっさり幸成は返す。

「一体、何食べたらそんなふうになるんですか、本当に……」

ため息交じりに俊は言い、チューハイを口にする。

「何食べたらっつーか、おまえが食わなすぎなんだろ？　一緒に食い始めたのに、なんでおまえはまだ口つけた程度なわけ？」

そう言われて見てみると、幸成の弁当は半分以上食べ進んでいた。

俊の弁当はまだ二口程度食べただけだ。

「よく噛んで食べてるから遅いだけで、ゆっくり食べたら人並みの量はいけます」

「じゃあ、好きなだけ時間かけて食ってくれ。邪魔しねぇから」

笑って言うと幸成はビールをぐいぐいと飲み、二本目に突入した。

それを見ながら俊はマイペースで弁当を食べ、その合間にチューハイを飲む。

が、正直、お茶か水も一緒に買っておかなかったことを後悔していた。

俊は飲めないわけではないが、弱い。

半分ほど飲んだところだが、若干意識がふわふわしてきていた。

とはいえ、お茶かお水をくださいと言うのは厚かましい気がしたし、まだまだ大丈夫なので俊はとりあえず一生懸命、弁当を食べる。

俊が弁当と格闘している間に、とうに弁当を食べ終えた幸成は酒肴に買ってきた枝豆やチーズを開け、三本目のビールに入っていた。三本目はロング缶だ。

「……須賀くんは、結構飲むほうなんですね」

やっと弁当を食べ終え、俊はチューハイを口にしながら言う。

「普通じゃねぇかな。家系に酒豪がいるってわけじゃねぇし。おまえは予想どおり弱そうだけど」

「予想どおりってなんですか」

「たとえば、おまえが一升瓶抱えてとぐろ巻いてるとこは想像できねぇけど、乾杯の最初の一杯で真っ赤になって寝てるとこは想像できるって感じ」

笑って言う幸成に、俊は頬を膨らませる。

「失礼です。最初の一杯でそんな失態を犯したことはありません」

「だから、たとえばって言っただろ？　つか、大して外れてもねぇと思うけど。今も、もう顔赤くなってんじゃん。チューハイ、一本目だろ、それ」

素直に自分が弱いと認めればよかったのだが、頭がふわふわしている俊はここで意地を張った。

「何を言ってるんですか、まだまだこれからです」

そう言うと残りを一気にあおり、買ってきていたもう一本を手に取る。

「おい、大丈夫かよ」

やや心配した様子で言う幸成に、

「大丈夫です」

俊は即座に返すと蓋を開けて、口にする。

その俊の様子に、やれやれという顔をしつつも、それ以上は言っても無駄だと踏んだらしく自分も飲むのを再開する。

飲みながら、しばらくの間は会社の話をしていた。

「で、いいカラダしてんのね、なんてベタベタ触ってきたりとかする他の部署の先輩とかいるんだけど、なんつーか、あんま強く言ったら空気壊しそうだし、何マジになってんだとか言われそうだしさぁ」

話題は『最近あった困ったこと』になり、幸成はそんな告白をしてきた。

「立場が逆だったら、セクハラってすぐ訴えられる物件ですよねー、それ」

「だよなぁ？　でっけぇ胸の女子とかに触んのと、俺の大胸筋触んのと、性別以外に差とかねぇよな？」

「正直、女の子の胸とかそういうの触りたくなる気持ちもちょっと分かんないです、僕」

俊のその発言に、幸成は、

「え！　そこは分かれよ！　分かっといたほうがいいって！」

急に食いついてきた。

「だって、うち、お姉ちゃん二人もいて、二人とも落ち込んだら昔っから僕を思う存分、気がすむまで抱き枕にしてくような感じだから、女の子に対する憧れとか、希少性とか、皆無ですもん」

「何、その羨《うらや》ましい環境！　うちなんか同じ三兄弟でも野郎ばっかだぞ。可愛い妹が一人くらい欲しかったのに、下二人とも男とか！」

幸成の言葉に俊は、あはは一と笑ったあと、

「夏樹くんも、男ばっかの三人兄弟ですよ。須賀くんと違って、末っ子ですけど」

話の流れで夏樹の名前を出した。

「あいつも野郎ばっか三兄弟かよ。けどうちと違って、兄貴二人ったって、そんなゴツくねぇんだ

ろ？　うちの弟、柔道部とレスリング部だぞ。なんで格闘系いっちまうんだよ。一人くらい文系に進めよ、クソ野郎。せめて俺みてぇにさわやかにサッカーとかやれよ」

「サッカーってさわやかなのかなぁ……」

「格闘系よりはマシだろ」

「比べるとこがそこだと、大体のスポーツさわやか判定ですよね。夏樹くんとこは、二番目のお兄ちゃんと夏樹くんがテニスやってましたよ」

「じゃあ、おまえもテニスやってたのか？」

そう聞かれて俊は小首を傾げる。

「なんで、そこで僕もテニスやってたって流れになるんですか？」

「いや、おまえと兼條って二人で一セットっていうか……、ぶっちゃけて聞いていい？」

やや改まった様子を見せた幸成に、俊は頷いた。

「なんですか？」

「おまえと兼條って、実際どうなわけ？」

「どう？」

「付き合ってるっつーか、恋人とかそういう感じじゃねえの？」

幸成の言葉に俊は目を見開いた。

「こ…い、びとって…、え、恋人？」

どうしていきなりそんな単語が飛び出してきたのか分からなくて、俊は慌てる。

「え？　違うのか？」

キョトン顔で幸成が言うのに、俊は激しく頷いた。

「違いますよ！　転校した時、席が隣で、出席番号も前後だったからいろいろと面倒を見てくれて……。夏樹くん、男ばっかり三人の末っ子だってさっき話したじゃないですか？」

「ああ」

「だから、妹か弟がずっと欲しかったみたいで、なんていうか疑似兄弟みたいな感じで僕の世話をしてくれてたら、お兄ちゃんスイッチが入ったまんまになっちゃってみたいな……。僕は僕で、そんなつもりはないけど末っ子気質みたいだから……ちょっと、いろいろ頼りすぎてるとは思うけど、普通にすごく仲のいい友達みたいな感じです」

俊が説明すると、幸成は驚いた様子ながら納得したような顔をした。

「なんだ、そうなのかよ。兼條が相当過保護だから、てっきりそういう意味での牽制なのかと思ってたんだけどよ」

「牽制って……」

「なんつーか、俺のもんアピールっつーか。だから、恋人同士だって言われても、多分大して驚かなかったと思う」

「そういうんじゃないです」

俊が改めて否定すると、

「ああ、分かってる。けど、まあ兼條がおまえを構いたくなる気持ちっつーか、そういうのも何か分かるわ。おまえ、並の女子よか可愛いし、気遣いできるし……。その気遣いもなんつーか、押しつけがましくねぇっつーか、正直、言い寄られたら俺も結構ヤバいかもしんねぇし」

幸成は笑って、そんなことを言う。

その言葉に、俊は息を呑んだ。

——僕でも、大丈夫的なこと言ったよね、今。

普段の俊なら、たとえそう判断しても、ここで踏みとどまった。

だが、アルコールで俊はいろんな基準が甘々になっていた。

——このチャンスを逃したら、もうないかもしれないし！

むしろ、自分が幸成に対して抱いている「憧れ」の根幹さえもはっきりしていないのに、思いつきと衝動としか言いようのないものに突き動かされた結果、俊は玉砕覚悟で思い切って聞いてみた。

「もし、僕が須賀くんのこと、本気で好きだって言ったら、どうしますか？」

俊のその問いに、幸成は戸惑った顔を見せたが、

「んー、そうだなぁ。別に、普通に嬉しいかなぁ」

おまえ、可愛いし、などとも付け足し、言った。

それは、俊を舞い上がらせるには充分すぎる言葉で、その結果、

「僕、本当に須賀くんのことが好きです」

引き返せない告白をした。

「え……？」

「中学の時、すごい憧れてて、だから余計に迷惑かけてるのが申し訳なくて」

「別に迷惑とか、思ってねぇって」

「でも、足手まといだったのは本当だから。……好きな人にお荷物みたいに思われるの、多分つらかったんだと思う。あの時はそこまで考えてなかったけど……」

そう言葉にして、俊の中に、今の自分の言葉がすとんと落ちてきた。

好きだから、嫌われたくなかった。

だから「迷惑な存在」でしかない自分が、幸成のそばにあんまりいたりしたらダメだと、無意識のうちにそう思って、余計に近寄りがたいと思っていたのだろう。

——ああ、やっぱり僕、須賀くんのこと好きだったんだ……。

「だから…、後夜祭で一緒に踊った時も、あとですごくドキドキしてた」

中学の文化祭の一通りの片づけのあとに有志で——と言ってもほぼ全員が参加するのだが——行われる後夜祭は、中学生らしくフォークダンスを中心に構成されている。

その後夜祭で、俊は女性パートを踊らされていた。学年もクラスも関係なしに回ってくる相手と踊り続けるのだが、何度かサプライズが起きる。

フォークダンスの途中に突然ムーディーな曲が一分ほど流れ、その時に目当ての女子のもとに行き告白するという「告白タイム」があるのだ。

修学旅行を間近に控えた二年生はそこで告白をし、カップルが成立すれば修学旅行をラブラブで過ごすという王道パターンがあった。

そのサプライズが起きたのは、俊がたまたま幸成と踊っていた時だった。

幸成は多分周囲を盛り上げるためだろうが、俊をお姫様抱っこをしてくるくる回り始めた。

その時は恥ずかしくて、でもあとでものすごくドキドキして止まらなかった。

「おまえ、怒ってたんじゃなかったのか？　あのあと、わりと無視された気がする」

「須賀くんにしてみたら、盛り上げるためだけだって分かってたし、僕が意識したりしたらそれこそなんか迷惑かけるから……、何もなかったみたいな顔してそれで……」

「なんだ、そうかよ……。俺、それもあるからてっきり、イジリすぎってキレられたと思って……何も言わねぇで転校したのもそのせいかと思ってた」

その言葉に、俊は頭を横に振った。

「ううん、そうじゃなかったんだけど……迷惑かけてるのと、ノリが悪いのとで良くない印象しか持たれてないなら、忘れられてたほうがマシだって思って。研修の時も知らないふりをしようとしたんだけど……嘘はつけなかったから…」

そこまで言った時、なぜか涙が急に溢れて、俊は慌ててそれを拭う。

「え、なんで泣いて……」

「ごめ…ちょっと、なんか……」

泣くつもりなどないのに、止めることもできなくて、俊は焦《あせ》る。

「ほんと、なんで……」

両目を擦って必死で涙を拭っていると、不意にその手を摑まれた。

「え……」

摑まれた手の感触に驚いて顔を上げると、驚くほど近くに幸成の顔があった。

「マジで、俺でいいのか？」

真剣なまなざしで言われて、俊は頷いた。

「うん……。須賀く…っ……！」

言いかけた言葉は、強引な口づけに阻《はば》まれた。

恋愛感情というものさえ、今の今まであやふやだった俊にとって、それは間違いなく初めてのキスだ。

それも、最初から舌が入り込んでくるディープなもので、それだけで俊の許容範囲を突破していた。

「ん……っ…」

どうしていいか分からなくて、されるがままになるしかない俊がようやく口づけから解放されたのは、完全に息が上がってしまってからのことだった。

しかも、いつの間にか体から力が抜けてしまっていたようで、気がつくと床に寝そべるような形になっていた。

ぼんやりと見上げたそこにあった幸成の顔は、見たことがないような表情をしていた。

「…すが……くん…」

名前を呼んだ自分の声が少しおかしいような気がした。

実際におかしかったのか、幸成は少し眉根を寄せると、

「おまえ、マジでヤベぇわ……」

そう呟くように言った。

その言葉の真意が分からないものの、寄せられた眉根から、恐らくいい意味ではないのだろうと俊が思った時、再び口づけられた。

さっきと同じように深く口づけながら、幸成は俊のネクタイを引き抜いた。そしてシャツのボタンを外してはだけると直接肌に触れてきた。

その手のひらの感触に俊は体を震わせた。

脇腹を撫で上げた手が胸へと辿り着き、肉のほとんどついていないそこをまさぐる。

「……っ…あ」

のけぞった瞬間に唇が離れ、漏れた声は自分でも驚くほど甘かった。

しかし、唇はまた塞がれて、薄っぺたな胸を弄《まさぐ》る手も止まらない。そのうち指先が小さな尖りを捕らえて、摘み上げた。

「……っ！」

痛みがあったわけではなかったが、突然の刺激に俊の体がビクッと跳ねた。しかし口づけに上がりそうだった声は飲み込まれた。

その反応をどう受け取ったのか、幸成は捕らえた尖りを柔らかく揉み込みながら、もう片方の手を下肢へと伸ばした。

そして俊のベルトを外すと、ズボンの前をはだけて下着の中に手を差し込んだ。

「……っ…や」

唇が離され、上がった声は抗議のものであるにしては甘い。その声に幸成は薄く笑うと、

「一応感じてんのは、感じてんだ……？　かーわいい」

そう言いながら熱を孕《はら》みかけている俊自身の形を確かめるようにして触れる。

それだけの刺激なのに、幸成の手の中でまざまざと形を変える自身が恥ずかしくて、思わず膝を立て、逃げようとした。

だが、その瞬間幸成の体を挟み込むような形になってしまい、完全に逆効果だった。

「何？　積極的」

違うと分かっていてからかうように言ってくる。それに俊は顔を真っ赤にしてぷるぷると頭を横に振った。

「違……っ」

「じゃあ、嫌か？」

聞いてきた声は、少し真剣なものだった。

嫌だと言えば、多分ここで終わるだろうと思う。

けれど、嫌なわけではない——というか、嫌なのだが、嫌の理由が違うのだ。

ただただひとえに、そういうことに慣れていなくて恥ずかしくて、だから嫌なのだが、自分の経験のなさを露呈してしまうことも恥ずかしい。

しかし終わってしまえば、自分から好きだと言い出したくせにと思われそうで、そうなったら多分もう二度と話したりもできなくなりそうで——と、アルコールと初体験の狭間で思考停止になりそう

なのに、ネガティブ方向にだけ俊の頭は回転した。

とにかく、幸成に嫌われたくない。

そう結論を出した俊は、恥ずかしさを押し殺して言った。

「その……恥ずかしくて…、なんか…」

決死の告白だったのだが、

「あー、なんかキスも初めてっぽかったしな」

幸成はあっさりそう返してきた。

「なんで……」

「なんで分かったのかって？　そりゃ、分かんだろ、完全にマグロ化してたし」

マグロという言葉に衝撃を受ける俊から、幸成はそっと体を退けた。

「須賀、くん……」

どうして、とも俊は聞けなかった。

自分から好きだと告白しておいて、マグロだし、ヘタレだし、嫌になったに違いない。

そう思っていると、

「俺もがっつきすぎた。さすがにいろいろハジメテっぽいお前を床の上で犯すっつーのもヤベぇわ」

「おか…っ……」

とんでもない単語に口をパクパクさせると、幸成はニヤリと笑って俊の腕を摑んで起こす。

「とりあえず、ベッドに移動しようぜ。立てるか？」

上半身を起こしただけだというのに、脱力していた体は酷く重く感じた。

そして立ち上がろうとすると、膝ががくがくしていて、幸成のすぐ後ろにあるベッドまで数歩なのになかなか足が進まなかった。

「無理なら、中学ん時みたいに抱っこしてやるけど？」

完全にからかう口調の幸成に、俊は頭を横に振り、なんとかベッドに辿り着いた。

腰を下ろした俊に、よくできました、と言って幸成は頭を撫でると、まとわりつくだけになっていたシャツをとりあえず脱がせた。

「ついでに、下も脱いじまう？」

そう言って前をはだけたズボンに手をかけられたが、俊はその手を止めた。

「これは、自分で……」

「そ？」

「須賀くんも…脱いでくださいよ……。僕ばっかり…」

少し唇を尖らせて俊が言うと、その唇に幸成は触れるだけの口づけをした。

「俺のストリップが見たいとか、結構大胆だな、おまえ」

「…っ…そういう意味じゃ……」

「分かってるって」

幸成は笑うとさっさと服を脱いでいく。

貧弱な自分の体とは違う、鍛えられた大人の男の体という感じがして、知らずのうちに鼓動が速くなった。

　その幸成は全部を脱いだあと、不意に携帯電話を手に取った。

「…どうかしたんですか……？」

「いや、男としたことねぇし、女とも普通にしかしたことねぇから、余裕のある今のうちに調べといたほうがいいかと思って。それともおまえ、やり方知ってたりする？」

　それに俊は挙動不審さ満開で答えた。

「し…知らない、です……」

「だよな…っと、うん、ちょっと待って」

　どうやら目当てのウェブサイトを見つけたらしく、画面に見入る。

　その間、俊はいたたまれなさマックスだったわけだが、幸成は二、三分で携帯電話を置いた。

「大体分かった」

「……はい…」

「じゃ、とりあえず、寝て」

　そう言われてベッドに横たわったが、正直、時間を置いた分冷静になってしまって、恥ずかしさと気まずさが半端ない。

　しかし、それは俊が初心者ゆえに感じてしまうだけなのか、幸成からはまったくそういう気配がなかった。

「とりあえず、目、閉じとけ」

その言葉に俊はギュッと目を閉じた。

それを見て幸成が少し笑ったような気配がしたが、それを確認することはできなかった。

すぐに目の上に幸成の手が置かれ、ゆっくりと体が重ねられる。

素肌の触れる感触が生々しくて、それだけで声を上げてしまいそうになった。

だが、その唇もすぐに口づけで塞がれてしまう。

口づけながら真っ先に幸成の手が向かったのは、俊自身だった。

体を離している間に落ち着いてしまっていたが、触れられただけでそれはまた熱を孕み始めてしまう。

そんな自分の体が浅ましく思えて、俊は泣きたくなったが、見越したように幸成の手が動き始めるとそれどころではなくなった。

「…っ……！　…っ…あ、あっ」

「可愛い声、出すよなぁ」

満足そうな声で言いながら、幸成は容赦なく手の中の俊を扱《しご》き始めた。

「や……っ…あ、あ、だめ…そこ、やだ……っ」

「先っちょんとこは、やっぱ気持ちいいよな？」

先端に指の腹を押し当てて擦られ、俊の腰が跳ねる。

「や…ぁ……っ、あ、だめ、あ…っ」

「ダメじゃねぇだろ？　濡れてきたし」

指摘されたとおり、押し当てられている幸成の指がぬるりと滑る。

もうそれは憤死したいレベルでの恥ずかしさで、俊は泣きそうになった。

だが、泣くより先に幸成の指先がもっと淫《みだ》らに動いて──、

「あ…ぁっ、あ、や……っ、だめ、ほんと…に、だめ……」

湧き起こった悦楽は俊に残っていたなけなしの思考のすべてを奪い去った。

「ダメになっちまっていいんだって」

可愛い、と耳元で囁いた幸成の声に、俊の腰の奥がズン、と熱くなった。

「ふ…っ……ぁ、あ」

先端を弄る指は止めないまま、残っている指で揉むようにされて俊は強すぎる刺激に身悶えるしかない。

「ぁっ…あ、あ、や……っ…！」

そのまま達してしまいそうになって、俊は咄嗟《とっさ》に体をよじるのと同時に自身に伸びている幸成の手を摑んで逃れた。

もちろん、目を覆っていた幸成の手も離れる。

「どうした？　イっちまっていいのに」

不思議そうな声で言われて、目を覆われた手が外れてもギュッと目を閉じたままで、俊は頭を横に振る。

だが、耳まで真っ赤にしている様子から、嫌なわけではなくていろいろ恥ずかしいのだろうという

ことを幸成は察したらしい。

「じゃ、前は一旦やめるかな」

幸成はそう言うと、一度軽く体を離した。

それにほっとしていると、幸成がベッドヘッドから何かを取った気配がして、すぐに濡れた音が聞こえた。

それが気になったが、目を開けるのが恥ずかしくて閉じたままにしていると、突然あり得ない場所に何かで濡れた幸成の手が伸びてきた。

「……っ…何、や…っ！」

俊は思わず目を見開いた。

その俊に、

「悪ぃ、冷たかったか？」

幸成は悪びれもせずに聞く。

「……なんで…」

それは二つの問いの混ざった「なんで」だった。

どうしてそんなところ――自分でだって滅多に指で触れたりしない後ろの窄《すぼ》まりに触れているのか、どうして濡れているのか、だ。

具体的に言わずとも幸成は察したらしい。

「濡れてんのは、ひげそり後の乳液っていうか、ジェルな。ヤバいもんじゃないから安心しろ」

とりあえず、それの説明はしてくれたが、もう一つの説明をする前に幸成は、

「ちょっと深呼吸できるか？」

脈絡もなく聞いてきた。

驚いてはいるが、それができないほどパニックというわけではなかったので、俊は大人しく言葉どおりに深呼吸をする。

——吸って、吐いて、吸って、吐い……っ……！

「やっ！」

声を上げて深呼吸が止まってしまったのは、吐いている最中に幸成の指がずるっと体の中に入り込んできたからだ。

無警戒だった分、体が弛緩していたのか、あっさりと指は入ってしまった。

「どっか痛くしたか？」

「…っ…痛くは、ないけど……なんで…」

どうしてそんなところに指を入れられているのか分からなくて、俊は眉根を強く寄せて問う。それは今にも泣き出しそうな顔だった。

「そんな顔すんなって。先に説明しなかったのは悪ぃけど、説明したらおまえパニック起こすと思ってさ」

幸成はそこまで言って一度言葉を切ると、

「男同士でエッチすっときって、ここ使うんだよ」

端的に説明すると同時に、中の指を少し動かした。

「嘘……」

「いや、マジで。ここしか入れるとこねぇじゃん」

即座に返されて俊は頭が真っ白になった。

「初めての時は無理かもって、さっき見てたサイトに書いてたから、無理そうなら入れんのはやめとく。けど、努力はしようぜ？」

そう言われると頷くしかない。

もとはと言えば俊から告白したのだから、努力もせずに断ることは失礼というかやってはいけないように思えた。

「分かり、ました……」

「おー、いい子。そんじゃ、息詰めないようにしてて」

幸成の言葉に従うようにゆっくりと呼吸を繰り返すうち、中に埋められた指がゆっくりと動き出した。

「痛ぇ？」

「いえ…大丈夫、です……」

実際、痛みはなかった。

ただ、あり得ない場所に触れられる恥ずかしさと、中で何かが動く気持ち悪さがあるだけで。

「じゃ、このまんま、ちょっと我慢してろよ」

幸成はそう言うと、中の指を続けて動かしていく。

ただ単調な動きで抽挿を繰り返されているうちに、慣れてきて緊張が和らぐ。それを感じ取ったのか、中の指の動きが少し変わった。

何かを探るような指先が、不意にある場所を突いた瞬間、俊の体が無意識に震えた。

「…っ……」

「あ？　ここか？」

俊の見せた反応に幸成は同じ場所を強めになぞった。

「や…っ…何……」

さっきはあまりに不意のことで何か分からなかったが、今、体に走ったのは紛れもない快感だ。

「あー、やっぱここか」

どこかのんびりして聞こえる口調で言うと幸成はそこへ集中的に触れてきた。

「ぁっ、あ…や、あっ…なんで……」

触れられるたびに声を上げずにはいられない刺激に襲われて、俊は身悶える。

「イイだろ？　前立腺っつって、こっからでもよくなれる場所。だから、遠慮なく気持ちよくなれって」

幸成はそう言うとさらに執拗にその場所を嬲《なぶ》り、そしてもう片方の手で再び俊自身を捕らえると、そのまま上下に緩く扱き始めた。

「……や…ぁっ、あ…っ、あ」

「スゲぇよさそうな顔してる…」

喘《あえ》ぐ俊を見ながら、満足そうな声でいい、幸成はさらに愛撫を強める。

「だめ……っ、や…も……だめ、でちゃう…から……」

さっき一度、達する寸前まで昂《たかぶ》っていた俊自身はあっという間に熱を孕みきり、また蜜をトロトロと溢れさせる。それにはすでに白濁が混じり始めていた。

「まだ、出したくねぇんだ？」

そう言った幸成の声は、どこか意地が悪く聞こえたがそれに返事をする間もなく、俊自身は強く握り込まれた。

「あ……っ…ぁ」

「まあ、俺としても今イくのはあんまおススメしねぇけどさ」

幸成は縛《いまし》めるように俊自身を握り込んだまま、中に埋めた指で弱い場所をことさら執拗に嬲った。

「あぁっ、あ……っ、あっ」

頭がおかしくなりそうなほどの悦楽が襲って、達してしまいそうになる。だが、握り込まれた自身が熱を放つことはなかった。

ただ、絶頂寸前の愉悦が延々と続いて俊は悶えた。

「やぁっ、あ、あ…あっ……あ！」

その俊の後ろに、二本目の指が差し込まれる。痛みはないものの、一本では違和感程度だった圧迫感が急激に大きくなって俊の眉根が強く寄ったが、それも少しの間のことだ。

すぐに二本の指で弱い場所を徹底的に愛撫されて、俊は喘ぐしかなくなった。

「いや…ぁっ！　あ！　あ…っ、もう、だめ…やぁ、あっぁ！」

「イきてぇ？」

問う声に、俊はガクガクと頷いた。

少し笑うような気配のあと、俊自身を縛める指の輪が緩められて扱き立てられるのと同時に中に埋めた指を大きく動かされて——。

「やぁあ…っ、あっ、あ……！　あぁああっ！」

濡れきった甘い声を上げながら、俊は達した。

「ヤッベ……その声、めっちゃ腰にクる。それにスゲぇ可愛い…」

陶然とした響きの幸成の呟きは、俊にはもうほとんど理解できなかった。

ようやく得られた絶頂に頭は真っ白になってしまっていた。

その俊の中から幸成は指を引き抜き、俊自身からも手を離す。

つらいほどの刺激から解放されて俊は小さく安堵の息を吐くが、少しの間のあと、後ろの蕾《つぼみ》に指ではない何かが押し当てられた。

その感触に俊はぼんやりとした目を幸成に向ける。

「…なに……」

「そのまんま、力抜いてぼんやりしてろ」

幸成のその言葉の意味はまったく分からなかったが、理解する間もなく、後ろの蕾を押し開くようにして何かが入ってこようとしていた。

「や…っ…あ、あ、あ」

「力入れんなって…大丈夫だから……息吐いて」

言われるまま息を吐くと、一瞬、限界にまで近いくらいそこを押し開いて中に幸成が入り込んだ。

「ん……っ…」

「悪ぃ、ちょっと無茶したな……すぐよくしてやるから」

幸成はそう言うと、もう少しだけ自身を俊の中に埋めると、その先端でさっき俊が感じていた場所を擦った。

「あ…っあ、あ」

「ビンゴ…、そのまんま感じてて」

幸成はその場所を何度も擦り上げてくる。

それは、達したばかりの俊には酷なほどの悦楽を生んで、俊は喘ぐ以外の何もできなくなった。

「や…あっ、あ、ああ…！　だめ、そこ……やぁ、っあ、あ、ああ」

「ホント、その声ヤベぇわ」

中の幸成が不意に角度を変えて、その動きにさえ感じて俊は体を跳ねさせた。

「っあ、あ」

それと同時に無意識のうちに俊は幸成を締めつけて、それに幸成は息を呑んだ。

「……マジで今、ヤバかった」

「…なに……や、あぁっ、あ、あ」

ずるずると、指では到底届かなかった奥まで幸成が入り込んでくる。

だが、俊の内壁はそれを嬉々として受け入れた。

「ん……っ…あ、あ、だめ、やぁっ、あっ、あ…あ！」

「これで、全部……うわ、すっげ中動いてる」

多分それは事実で、純粋な感想なのだろうが、俊はイヤイヤと頭を横に振るので精一杯だった。

「や…ぁ……あ」

「動くぜ…、そろそろ俺の忍耐が限界近ぇ」

幸成は言うと、俊の腰をしっかりと両手で摑み、大きな動きで抽挿を始めた。

「あぁぁあっ、あ、あ——っ、あ、あ」

敏感な襞が激しく擦られて湧き起こる愉悦に俊の体がガクガクと揺れる。

その様を見下ろしながら幸成は絡みつく肉襞を引きはがすようにして腰を引き、強く窄まったそこを切り開くようにしてまた奥まで自身を突き立てた。

「やっ…あぁっ、あ——っ！」

そのまま抉《えぐ》るように腰を回されて、俊の背が大きく反る。

「あぁっ、あ、あ…っ」

「マジで可愛い……」

呟くと幸成は、後ろからの刺激だけで勃ち上がり新たな蜜にまみれている俊自身を手に取った。

「んっ、だめ…出ちゃう……っ、あ、あ」

「いいぜ、出せよ。俺も、もう、そんなもたねぇ」

幸成は手の中の俊を扱きながら、深い抽挿を繰り返していく。

「やっ、あ、だめ、ああっ、あ、いく…も……あ、あ」

中と外を同時に愛撫されて、俊はあっけなく二度目の絶頂に駆けのぼる。その絶頂に揺れる体を幸成はさらに追い込むようにして腰を使った。

「やぁっ、だめ、今…や、ぁ、あ、あ」

達している最中の体を掻き混ぜられて、俊の体が許容範囲を超えた悦楽に逃げを打つように大きく揺れる。

「悪ぃ、もうちょい」

言葉とともに激しく重い動きで俊の中を幸成が穿《うが》つ。

「あっ、あ……あ、あ」

動くたび、小さな果てを繰り返す俊の姿を満足げに見下ろしながら、幸成はギリギリまで己を引き抜くと、そこから一気に最奥まで貫いた。

「――っ！　あ、あ……っ、あぁっ」

俊の目が大きく見開かれ、そして腰が悶えるように揺れる。その腰をしっかり押さえつけて、幸成はその中で熱を放った。

「っ」

「あ…ぁ、あ、あ……」

甘い声を漏らした俊の唇が、不規則に震えたあと、不意に音を失くす。

それと同時に俊の体からぐったりと力が抜けた。

「……志藤……？」

声をかけたが、返事はない。

「あー…トんじまったか…」

無茶しすぎたなと苦笑しつつ、それでもまだびくびくと震える肉襞を味わうように緩く腰を使いながら、幸成はしばらくの間俊の様子を見つめていた。

言いようのない満足感を得ながら。

4

「もー、昨夜はどこ行ってたの？　俊のお姉ちゃんズ、めっちゃくちゃ心配してたよ？」

翌朝、出社するなり俊はエントランスで夏樹に捕まり、そのまま人気《ひとけ》のない通路まで連れていかれた。

昨夜、何の連絡もせずに外泊ということになってしまったため、真奈と博美は「携帯電話にも出ない！　誘拐かも！　警察！」な勢いで心配していたらしい。

母の美都子は『まあ、あの子も子供じゃないんだし、外泊の一回や二回くらい』と呑気で、義父の祐一も『男の子だからねぇ。男同士の付き合いで帰れないってこともあるから』と過去の自分を思い出しているような顔をしていたらしい。

しかし、真奈と博美はそれでは収まらず、一緒にいる確率の一番高い夏樹にも連絡していた。

「俺だってめちゃくちゃ心配したんだからね？」

「…ごめんなさい」

俊はとにかく謝った。

朝になって、携帯電話を確認すると、真奈と博美、そして夏樹からの着信履歴がすごかった。

とりあえずそれぞれに『友達の家でお酒を飲んで寝落ちしました。今から家に帰ります』とだけメールをして、タクシーで家に帰ったのだが、真奈と博美にはめちゃくちゃ怒られた。

お風呂にも入れてないからシャワーだけ浴びさせて！　と頼んだら、お風呂のドア越しに説教は続き、朝ご飯——といっても、食欲がなかったのでスムージーだけだが、それを飲む間も怒られた。

祐一が二人を止めてくれなければ、多分、今日は会社を休まされただろう。

そして一日中説教コースだ。

「お姉ちゃんズにすごく怒られたみたいだから、俺はあんまり言わないけどさ……昨夜は誰と飲んでたわけ?」

当然といえば当然の問いに、俊の心臓が大きく跳ねた。

それと同時に、昨夜のことをまざまざと思い出して恥ずかしいのと同時に、なぜか後ろめたい気持ちになって、夏樹の顔が見られなかった。

「えっと…、須賀、くんと……」

「え…? 待って、なんで急にそんなことになったの?」

「その…書類、いっぱい溜まって残業しないといけないみたいで、それで…手伝って。お礼に夕ご飯奢るって言ってくれて」

「それでどっか食べに行ったっていうのは分かるけど、外泊ってことは、店で別れたんじゃないんだ?」

「奢ってくれるつもりだったお店が、休みだったり、席が空いてなかったりで、それで須賀くんの家で飲もうって感じになって、酔っちゃって、それで」

自分の足元を見ながら、俊は説明する。

それ以上は後ろめたさマックスで夏樹には言えなかった。

だが、夏樹は許してくれなかった。

「俊、俺の顔ちゃんと見て？」

頭の上から、冷たく聞こえる声で夏樹は言った。それに固まっていると、

「家で飲んだだけ？　ちゃんと俺の顔見て返事して？」

夏樹は繰り返し、問い重ねた。

その言葉に、俊は恐る恐る顔を上げ、夏樹を見た。

夏樹の目は、まるですべてを見透かしているように見えて、それが怖くて、俊は目を逸らす。

その様子に夏樹はため息をついた。

「……何があったのか、ほんとは大体察しついてる。歩き方、ヘンだし」

そう言われ、俊は眉根を寄せた。

「別に怒ってるわけじゃないよ。すっごいショックだけど。……合意？」

「それは、うん……」

「そう、よかったね。……なんか、手塩にかけて育てた箱入り娘を傷物にされたみたいな複雑な気分だけど」

夏樹は茶化す口調だったが、いつものような感じではなくて、俊はどう返していいか分からなくて、

「ごめんなさい……」

なぜか、謝罪の言葉しか出てこなかった。それに夏樹は困ったような顔をする。

「謝んないでよ。……ものすごく嫌だけど、応援しないこともないって前に言ったじゃん？　俊がち

ゃんと幸せなら、本当に死ぬほどショックだけど、よかったって思うよ？」

そう言った声は、いつもの夏樹と同じで、俊はうん、と頷いた。そんな俊に夏樹は、

「でも、お昼ご飯は今までどおり一緒に食べようよね？　俺、そこは譲る気、毛頭ないから」

笑って言った。

「それは、もちろん」

「じゃあ、またお昼に。……おかしい歩き方の言い訳、なんか考えたほうがいいよ？　もしくは頭が痛いとか何とか言って、医務室で痛み止めもらっといで」

夏樹の忠告に分かった、と返して俊はそのまま通路の奥のエレベーターに向かった。

今いる場所からなら、総合事務へはエントランスに戻って中央エレベーターに乗るより、奥のエレベーターが便利だからだ。

夏樹の営業部は中央エレベーターのほうが近い。

何歩か進んで、俊は不意に振り返った。

そこにはまだ夏樹がいて、じっと俊を見ていた。

俊が小さく手を振ると、夏樹は手を振り返してくれる。

それはいつもの夏樹のようなのに、どこか違って見えた。

けれど、多分自分の気持ちのせいでそう見えるんだろうと察しをつけて、俊はまた歩き出した。

みんなに心配をかけたものの、多分、幸成とは恋人になったんだろう、と俊は思う。

どうして不確定なのかと言えば、あれから幸成とまともに顔を合わせていないし、実は連絡を何もしていないからだ。

もともと幸成が残業で書類を上げなければならなかったのは、翌日から外回りでほとんど社内にいないことが分かっていたからだったので、会社で顔を合わせないことは理解の範疇《はんちゅう》だ。

連絡を何もしていないのは、していいものかどうか、分からないからだ。

研修中にグループ全員でアドレスを交換し合ったので、連絡先は分かっているのだが、あの夜以前もプライベートで連絡を取ったことがなかった。

——先に僕からメールとかしていいものなのかな。

自宅の部屋のベッドの上で、俊は傍らに置いた携帯電話に視線を向ける。

恋愛初心者も甚《はなは》だしい俊には、まずそこが分からない。

だから、とりあえず幸成からの連絡待ちということにしているのだが、忙しいのか音沙汰はさっぱりない。

——好きだって言って、俺でいいのかって言われて…それってOKってことだよね？

そんなところから確認し直さなければならないのは、あの翌朝、幸成の部屋で目覚めた時、とにかくバタバタしてろくに言葉も交わすことがないままだったからだ。

目が覚めたのは六時前だった。聞き慣れない目覚まし時計のアラーム音に目を開けると、隣に幸成がいて、いろいろなことを寝ている間に忘れていた俊は盛大にパニックに陥った。

とりあえず落ち着けと言われて、体の具合を聞かれて——その時は大丈夫な気がしたから大丈夫だと答えて。

出社のことなどを考えたらゆっくりもしていられなかったので、タクシーを呼んでもらって、その間に慌ただしく身支度を整えて、それが終わったのを見計らったようにタクシーが到着したので、それで帰ってきたのだ。

携帯電話はそのタクシーの中で確認して、鬼着信に気づいたのだ。

「落ち着け、大丈夫か、なんか食うか、気をつけて帰れよ」

あの朝、幸成にかけられた言葉は、大体その四つだ。

特別な感じなど少しもないそれらの言葉。

「付き合ってるんだよね?」

不確かな現状に俊は不安になって、思い切って自分から連絡を取ろうかなとも思って携帯電話を手に取ったが、どんなふうに連絡を取ればいいのか分からなくて、また手放す。

——夏樹くんに相談できたらいいんだろうけど……。

そうすれば、何か解決策というかアドバイスをくれるだろうと思うが、いくら友達と言っても夏樹に相談するのはためらわれた。

あれから夏樹はこれまでと同じ様子で俊の世話を焼いてくれている。

幸成と顔を合わせないので、あの夜のことがなければ、本当に何もなかったように今までと同じだ。

「須賀くん、いつまで外回りが忙しいんだろ……」

会って、少しでも話せたら随分違うのに。

営業部の中のことだから、部長である賢治に聞けばそういうことも分かるのかもしれないが、どうしてそんなことを聞きたいのかと問われたら困るから聞けない。

八方塞がりのように思えて、俊は大きなため息をついた。

◆◇◆

幸成が集中的な外回りを終えて、普段どおりの業務に戻ってきたのは翌々週の水曜の午後からのことだった。

二週間近くまともに社内に戻ってこない状態が続けば、当然幸成の書類は滞っている。

それで俊は、顔を見たいのもあって、書類の催促に営業部に向かった。

丁度、幸成がフロアの廊下に設置されている自動販売機に飲み物を買いに出てきているのが遠目にも分かった。

——よかった。

俊はそう思いながら、廊下を進む。幸成は買った飲み物を手に、廊下の先を曲がったところにある休憩用のコーナーに向かい、俊もそこに向かった。

そして、角を曲がろうとした時、

「須賀のためにセッティングしたんだからな！」

「そうそう、あの手この手を駆使してメンバーを揃えてもらった巨乳合コン！　全員Eカップ以上確定！」

俊の耳にそんな言葉が飛び込んできた。

「マジで巨乳揃い？」

興味津々という感じで聞いた声は幸成のものだ。

「マジで！　巨乳好きのおまえのための合コンだから、キャンセルとかさせねぇからな。明日の夜、空けとけよ？」

お持ち帰りも可能だから！　なんてウキウキした声が続いたところで、俊は耐えられなくて踵《きびす》を返した。

――巨乳、合コン……。

俊の脳裏に、あの日、幸成の部屋で見たグラビア雑誌の表紙が鮮やかに蘇った。

豊かな胸の女性が特集されていた。

自分の部署のある階へと階段を数段上りかけたところで俊はふと足を止め、自分の胸を見た。

当然、何の隆起もない薄っぺたな胸だ。

――女の子のほうが、きっといろいろ楽しいんだろうな。

巨乳好きなら、なおさらだ。

俊はそのまま、標準搭載されているネガティブ思考機能を起動させ、鬱々とし始めた。

結局翌日も幸成とは顔を合わせることはなく——昨日もらいに行こうとしていた書類は昼前に営業部の誰かがまとめて持ってきた中に入っていた——ネガティブスパイラル思考はとどまるところを知らなかった。

——今頃、巨乳合コンの最中なのかな……。

家に帰ってから、みんなでお茶を飲んでいてもため息が出てしまって、真奈と博美に「働きすぎなんじゃないか」とか「職場で苛められてるんじゃないか」などものすごく心配された。

それらを必死でなんでもない、と押しとおしてやりすごした。

でも、実際には何でもないはずがなくて、何をしていても頭の中には巨乳合コンという言葉が、幸成の部屋で見た巨乳女子のグラビアともにグルグル回転した。

結局、濡れTシャツだの水着だのを着たグラビアの巨乳女子が、幸成と合コンで山手線《やまのてせん》ゲームをやっている夢を見てしまう程度には追い詰められて、正直、寝たのか寝ていないのか——夢を見たのだから寝たに決まっているのだが——分からないほど、目覚めは疲れていた。

「俊、昨日も顔色悪かったけど、今日はもっと顔色悪いよ？」

翌日、食堂でいつものように夏樹と一緒に昼食を取っていたのだが、夏樹は食べ始めてすぐにそう言った。

「……なんか、寝つけなくて」

その返事に夏樹は一度箸を置くと、まっすぐに俊を見た。

「あのさ、今って普通、両思いになって幸せいっぱいってなって当然な時期だと思うんだけど、全然そんな感じないよね。ずーっと浮かない顔ばっかでさ」

夏樹がそう言った時、少し離れた席に数人の同期の男子社員が腰を下ろした。

「でさぁ、とにかくスゲぇ巨乳揃いで。しかも巨乳ってだけじゃなくて、顔もスゲぇ可愛いの」

「なんだよ、その楽園な合コン！」

聞こえてきたのは巨乳合コンの話だった。

話している一人の声には聞き覚えがあった。一昨日、幸成に合コンを持ちかけていた男の声だ。

「羨ましがれ、羨ましがれ。そんで、そん中でも一番胸のでっかい子なんだけど、なんと！　須賀がお持ち帰りしたっぽい！」

「マジでか！」

幸成の名前が出た瞬間、俊の目の前が真っ暗になった。

——オ持チ帰リシタッポイ！——

頭の中でその言葉だけがリフレインした。

——お持ち帰りって、アレだよね。女の子と二人っきりになって……。

そこまで考えた瞬間、もう座ってられなくなった。

「夏樹くん、ごめん……、ちょっと気持ち悪い、出てくる」

ふらふらと立ち上がった俊に、夏樹も立ち上がる。

「待って、俺もついてくよ」

夏樹は言うとすぐに俊のそばに近づき、肩を抱くようにして食堂をあとにした。

「医務室行こう。そのほうが安心だから」

夏樹はそう言って、医務室へと向かう。

幸成が合コンに行ったことや、参加女性と深い仲になったかもしれないというような話は夏樹も聞いていただろうに、医務室に着くまで一言もそのことに触れなかった。

医務室には常勤医がいて、ちょっと体調がすぐれないみたいなんです、と夏樹が代わりに説明をしてくれた。

常勤医が一目で納得するほど、俊の顔色は悪かったのだろう。とりあえずベッドに、と奥の休憩用のベッドに運ばれた。

常勤医は脈や血圧を測りながら、俊と夏樹から経緯を聞いた。

俊がどう答えようかと思っている間に、夏樹が、先週くらいから少し体調がすぐれない様子でここ二日ほどかなり疲れているように見えた、と話し、俊はそれを受けて、少し眠りが浅くて、とだけ答えた。

血圧はかなり低いが脈は正常なので、一時的なものだろうと、しばらくここで休んだあと、状態が変わらないようなら病院に行くようにと常勤医は告げた。

「じゃあ、俺、行くね。ゆっくり休んで」

夏樹はそう言うと、ベッドに横たわった俊の頭を軽く撫でてカーテンを引き、出ていった。

カーテンを隔てた向こうに常勤医がいる状況ながら、とりあえず一人きりになれたことで俊はやっと落ち着いた。

――予想はしてたよね…。

幸成は普通に女の人が好きで、だから、魅力的な女性と会えば当然そっちのほうがよくなるに決まっている。

いや、最初から俊のことは「絆《ほだ》された」だけだったのかもしれない。

――このまま「なかったこと」にしたほうがいいのかな……。

それとも、ちゃんと一度話したほうがいいのだろうか？

そんなことをつらつらと考えているうちに、俊はいつの間にか意識を失うようにして眠りに落ちていた。


結局、俊は二時間ほど医務室で休み、そのあとで部署に戻った。

大丈夫なわけではなかったが、少なくともふらふらするような状態は治まっていた。

本当は帰ったほうがいいんじゃないかとも言われたのだが、週末はいろいろと業務が多いため、俊が抜ければその分、誰かの負担が増える。

それに座って仕事をしている分には多分支障がないから、と戻ったのだ。

実際、事務処理の仕事にはほとんど支障はなかった。

いつもより少し処理スピードは落ちたかもしれないが、仕事をしていたほうが余計なことを考えなくてすんだ。

仕事が終わると、いつものようにすぐに帰り支度をしたが、部署の外に出ると社長秘書が俊を待っていた。

「社長から、社用車で自宅までお送りするようにと連絡がありましたので」

「社長が？　家で、何かあったんですか？」

そう聞いた俊に秘書は頭を横に振った。

「いいえ、俊さんが体調を崩されたと医務室から連絡が入りましたので。お目覚めになったらお送りすることになっていたのですが、お仕事に戻られましたので」

「そうなんですか。……でも、大丈夫です。一人で、帰れます」

社長の息子――義理だが――ということでの特別扱いは、ダメだと思う。祐一自身、そういうことはあまりしたくないはずだ。

だが、俊の返事に秘書は少し笑った。

「そうおっしゃるだろうということも社長から伺っております。その社長からの伝言です。『真奈さんと博美からつるし上げられたくないから、大人しく社用車で帰ってくれ』とのことです」

祐一は多分、真奈と博美の二人からつるし上げられてもどうとも思わないだろう。ただ、その二人の名前を出すことで、俊が車に乗りやすくしてくれたのだ。

「……分かりました。社長に、お気遣いありがとうございますと伝えてください」

「かしこまりました。では、まいりましょうか。目立たないよう、裏口に車を待機させておりますから」

秘書はそう言うと俊を先導して歩き出す。

その後ろに続きながら、心配をかけてしまったことが申し訳なくて仕方がなかった。

◆◇◆

俊が会社の医務室の世話になったことは、幸い、真奈と博美には知られずにすんだ。社用車で帰ってきた時に博美が家にいたらそこからバレてしまっただろうが、幸い、留守だったからだ。

とはいえ、その日の夜は当然元気はなく、夕食の時に「やっぱり、どこか悪いんじゃないの？」と心配されたが、

「仕事に慣れてきた頃に疲れが出るっていうのは珍しくないものよ」

と美都子が言ってくれたため、結局納得してくれた。

それでなんとかやりすごしたものの、一人でいるとどうしても幸成のことを考えてしまって、気が重かった。

考えないようにしようと思っても、気がつけば考えていて、ネガティブな堂々巡りを繰り返すうち、寝てしまっていた。

もちろん、そんな中での眠りなど俊に安息をもたらすわけがなく、翌日は起きた時から体がだるか

った。

「……土曜でよかった…」

今日は会社も休みだし、ブライダル関係の仕事をしている真奈は土日のほうが忙しい。博美は朝から稽古事を兼ねた社交の会に出ている。

よって、部屋に引きこもっていても必要以上に心配をかけることもない。

――でも、何をすればいいんだろう……。

本を読んだり、ゲームをしたり。

いつもなら何かしたいことを思いつくのに、そんな気分にもなれない。

そして、気づけば幸成のことを考えていた。

――好きなんて、言わなきゃよかった。

ただ、憧れだけで、好きと思っているだけでやめておけばよかった。

もっと近づきたいなんて、思わなければよかった。

後悔しかなくて、つらくて、どうしようもない。

そんなふうにネガティブ思考で堂々巡りをしていると、不意に部屋のドアがノックされた。

「……はい」

「あ、起きてるね。俺だけど、入っていい？」

聞こえてきた声は夏樹のものだった。

「え……」

一瞬戸惑ったものの、俊はどうぞ、と返事をする。その声にすぐドアが開き、夏樹が入ってきた。

「まだパジャマだったんだ。もう十時だよ」

「お休みの日だし……、今から着替えようかなって思ってたところだから」

言い訳めいた言葉を口にすると、

「あ、着替えるところだったんだ。じゃあ、丁度よかった。着替えて？　俺、下で待たせてもらってるから」

夏樹は笑顔で言うと、またあとでね、とさっさと部屋を出ていってしまう。

そう言われると、本当はそんな気もなかったのに着替えて部屋を出なければならなくなってしまう。

それが分かっていての夏樹の言葉だ。

付き合いが長い分、夏樹は俊の操縦がよく分かっている。

俊は着替えると、軽く洗面をすませて夏樹が待っているリビングに向かった。

ソファーに座した夏樹は執事の三枝《さえぐさ》と談笑していたが、俊が姿を見せるとすぐに立ち上がった。

「来たね。じゃあ、三枝さん、俊をしばらくお借りします」

「え、借りるって、何？」

知らない間に話がついていたようなのだが、俊は困惑した。

「天気もいいし、ちょっと出かけようよ。家にいても、どうせ自堕落に過ごすだけだろうし」

パジャマでウダウダしているところを見られているので、違うとも言えず、俊は黙る。

「大丈夫、遠出するつもりはないから。ちょっとした気分転換だけ。帰りたくなったら、すぐ連れて帰ったげるよ。だから、行こ？」

優しい言葉で、夏樹は俊の逃げ道を全部塞いでしまう。

「……分かった。三枝さん、ちょっと出かけてきます」

結局そう返事をするしかなくて、俊は夏樹の車で出かけた。

「とりあえず、どこかで何か食べようか。まだ何も食べてないんでしょ？」

「……食欲、ない」

「食欲がないのは分かってるけど、食べないっていうのはお勧めできないからね。そうだなぁ……おそばかうどん、どっちがいい？」

運転しながら夏樹は聞いてくる。

「なんでその二択なの？」

「なんとなく？　俊の食べたいものが他にあるならそれを優先するよ？」

そう言われても食欲自体がないのだから食べたいものなど思いつかない。

「その二択なら、今はおそば」

「了解」

夏樹はそうとだけ答えると、店に着くまで何も話さなかった。

それは、話す気分でもない俊を気遣ってくれているからだということが分かる。

こうして、連れ出してくれたのだって、家にいても鬱々と過ごすしかないと分かっているからだということも。

そのことはすごくありがたくて、感謝すべきことなのに……今は何を考えるのも、思うのも、つらかった。

夏樹が連れていってくれたそば屋は、とてもおいしかった。

食欲がない状態でもおいしいと感じられたのだから、普段の状態なら、もっとおいしかったんだろうと思う。

けれど、本当に申し訳なかったが、半分も食べられなかった。それ以上は、胃が拒否してしまう感じになって。

「気にしないでいいよ。全部は絶対無理って分かってたから」

夏樹は、俊が残したそばも全部食べてくれた。

そば屋を出たあと、特に行くあてもないので丁度夏樹の家の流派が開催している生け花の展覧会に行こうかという話も出たのだが、その道中、何度目かの赤信号で停まっている時、不意に夏樹が俊の額に手で触れた。

「俊、熱出てるんじゃない？」

「え……？」

そう言われて俊は自分の手でも額に触れてみたが、手も熱くなっているのか、分からなかった。

戸惑っているうちに信号が変わったが、夏樹は車を少し走らせたあと、路肩に寄せて停める。

「迎えに行った時は体は大丈夫そうだったから、気分転換したほうがいいと思ったんだけど……家に帰って寝てたほうがいいね」

その言葉に俊は頭を横に振った。

「…大丈夫」

「大丈夫じゃないでしょ。熱出てるんだよ？　多分ストレスからだと思うけど」

「……家に帰って寝込んでたら、真奈ちゃんや博美さんに心配かけるから…」

俊が言うと夏樹は「あー……」と察したように呟いたあと、

「じゃあ、俺の家で休んでる？　そのまんま泊まりになっても、俺の家にいるって言ったら、みんな心配しないだろうし」

そう提案してくれ、俊は頷いた。


夏樹の家は華道・兼條流宗家にふさわしい重厚な和風建築だ。

季節折々の花々が楽しめる庭の、風情のある離れが夏樹の部屋になっていた。

もともと夏樹の叔父が結婚前まで住んでいたところで、お湯を沸かす程度のことならできる小さなキッチンとバスルームも備えつけられていて、完全に独立した造りだ。

「とりあえず、これ飲んで。熱がある時は水分取ったほうがいいから」

夏樹は帰る途中のコンビニエンスストアで仕入れてきたスポーツドリンクをコップに移して差し出してくる。

「ありがとう…、ごめんね、迷惑かけて」

ベッドに腰を下ろした俊は謝りながら差し出されたコップを受け取り、一口飲んだ。

「気にしないでいいって。横にならなくていい？」

「うん…、大丈夫」

「疲れたら、遠慮なく寝ていいからね」

夏樹は言いながら、俊の隣に腰を下ろした。

俊はもう一口スポーツドリンクを飲むと、コップをベッドの脇の小棚に置いた。

「……夏樹くんの部屋に来るの、久しぶり…」

「そうだね。最後は……うちの春の大きな生け花展の前だったから、二月頃だったかな」

思い出すように言ったあと、夏樹は続けた。

「ちょっと前のことなのに、結構前のことに思える。不思議だね」

その言葉に、俊はなぜか、自分が一人ぼっちになってしまったような気がした。

その感覚が酷く怖くて、俊はしばらく黙ったあと、口を開いた。

「……須賀、くんと…、実は全然連絡とか、取ってなくて…」

「連絡取ってないって、どのくらい？　昨日からずっと？」

「ううん……。須賀くんの家に泊まって…そういうことしちゃってから……」

「はぁ？」

俊の言葉に、夏樹はキツく眉根を寄せた。

「え、ちょっと待って……朝帰りした日から、ずっとってこと？」

確認されて俊は頷いた。

「メアドとか、そういうの交換はしてるんだよね？」

「うん……、研修の時にグループで交換したから…」

「それなのに？　全然？　俊からも？」

理解できないといったような顔の夏樹に、俊は小さく頷いた。

「……僕から、どんなふうに連絡取ればいいのか分かんなかったし…、須賀くん、ずっと外回りで忙しそうだったから…、どうでもいいようなメールとかするのも、迷惑かなって……」

「迷惑かなって、付き合うことになったんだよね？　恋人だよね？」

その言葉に、俊は怯《ひる》んだ。その俊の様子に夏樹は何か感じ取ったのか、

「……はっきり、付き合うってことになったんじゃなかったわけ？」

できる限り抑えた口調で聞いてきた。

「好きって、言って……俺でいいのかって言われて…」

「それだけ？」

「た…多分……」

「多分って……？」

「お酒、飲んでたから……いろいろ、覚えてなくて……」

俊のその告白に夏樹は大きく息を吐いた。

「……じゃあ、何に対して『俺でいいのか』かも定かじゃない可能性があるってこと？　ようするに

体だけっていうか、行きずり…でもないけど、そういう空気だから、いただいちゃいますけど俺でいいですか的なって意味だった可能性もあるってことだよね？」

それは、俊も可能性として考えていたことだった。

けれど、はっきりと言葉にされるとことのほか胸が痛かった。

「そう…かも、しれないとは、思って……。…須賀くんの家、行った時、すごく胸が大きい女の人の写真が載った雑誌がたくさん積んであって……そういう女の子が来る合コンに誘われてたし」

「……俊は、須賀くんが誘われてたこと、知ってたの？」

「水曜に書類をもらいに行った時、休憩スペースのとこで、須賀くんのためにセッティングしたから絶対に来いって言われてた」

「それ聞いて…行かないでってことも言わなかったんだ？」

信じられない、というようなニュアンスを含んだ声だった。

「だって……、僕に胸とかないし…ないものを理由にされたら、無理だし……。そしたら、合コンでお持ち帰りしたって…。お持ち帰りしたってことは、その子のこと好きになったってことだろうし」

「いや、そうとも限んない、けど……」

何とか慰めようとしてくれているような雰囲気だったが、それ以上はフォローしきれないと思ったのか、夏樹はしばらくの間、黙った。

いくばくかの沈黙が続いたあと、夏樹は小さく息を吐いてから、言った。

「俊、俺じゃダメなの？」

「夏樹くん……？」

「俊は、本気にしてくれてないけど、俺、俊のことずっと本気で好きなんだよ？」

「……え？」

それは、思ってもいなかった言葉だった。

「本気で……？」

「うん。あのさ、俊が初めてうちに遊びに来た時のこと覚えてる？」

聞かれて、俊は古い記憶を探る。

「おじさんの誕生日に合わせた展覧会の時？」

夏だった。

この家の大広間や庭などを、流派の師範や選ばれた生徒たちがさまざまな花で飾った。

その中には夏樹の作品もあった。

「俺、この家に生まれた義務みたいな感じで生け花をやってたんだよね。でもさ、家は兄ちゃんのどっちかが継ぐっていうのが決まってるから、適当に当たり障りなく生けとけばいいやって思ってた。どうせ誰も俺の花になんか注目しないんだしって…、見に来てくれた俊にそう言ったんだよね。それはその時の俺の本音だったんだけどさ」

「……なんか、覚えてる」

「その時、珍しく俊が怒ったんだよね。『そういうの、よくないと思う』って。俺にしたら、家の事情とか何も分かってないくせにって、ちょっと思ったんだけどさ」

夏樹は少し懐かしむような顔をして言った。

その会で、兄二人はそれぞれに大きく場所をもらっていたのに対して、夏樹の花は生徒たちと同じ場所に展示されていた。

兄二人と夏樹は少し年が離れている。すでに下の兄も大学生で、いくつかの賞を受賞していることを考えれば夏樹の扱いは妥当だったのだろう。

けれども、そういうことも当時の夏樹にしてみれば「無理に生け花をさせるくせに、扱いが酷い」としか思えなくて、義務感でしか生けていなかったのだ。

でも、俊は、夏樹が自分の花だと告げる前に、

「この感じ、すごく好き」

そう言った。

「これが？」

すでに両親や兄たちが生けたものを見たあとで——それぞれの作品は、すごい、とか大きい、としか言わなかった俊が、好き、と言ったのは夏樹のそれが初めてだった。

「うん。生け花って、本当に全然分からないんだけど、この花って赤だし、季節も夏だから、暑苦しく思えそうなのに、すごく涼しげに見えるのが不思議だし、変わった形の派手な花だからもっと洋風っていうか、そういう感じに見えそうなのに、一緒に入ってる葉っぱのせいなのかな、落ち着いた和

風なイメージもあって、すごい」

言葉自体は単純なものだった。

けれど、他の誰の花を見ても一言二言しか言わなかった俊が、ここまでいろいろ言うのだから多分お世辞などではないのだろうと思えた。

もっとも、自分のものだと伝える前だから、お世辞を言う必要もなかっただろうが。

「俺が生けたんだ、これ」

「夏樹くんが？　本当に？　やっぱりすごいんだね」

俊は感心したように言ったが、その言葉は夏樹には居心地が悪かった。

「全然すごくなんかないよ。…俺は、義務で生け花やらされてるだけだしね。跡継ぎになるわけでもないから、適当に当たり障りなく生けとけばそれで周囲は満足してくれるし。これだって、生けたくなくても命令されたから……」

どうせみんなの目当ては両親や、跡継ぎ候補の兄二人の作品だけなのだ。

自分の作品などあってもなくてもいいのに、うるさく言われて、余っていた花材で見栄えよく生けただけだった。

けれど、そんな夏樹の言葉に俊は少し悲しそうな顔をしてから、

「そういうの、よくないと思う」

珍しく怒ったような口調で言った。

「よくないって言われてもさ……。そんな気持ちで生けたら花が可哀想とか、そういうのなら聞きた

くないけど」

稽古をつけてくれる両親や師範からよく言われたことだ。

花に対してもっと真摯《しんし》になれ、と。

それと同じことを言うのかと思ったが、違っていた。

「花の気持ちとか、そういうの分かんないけど、こんなにすごく綺麗に花を生けられる夏樹くんが嫌な気持ちでしか花を見られないのは、ダメだと思う」

「でも、嫌でも生けろって言われたら生けなきゃいけないのは本当だし……」

夏樹のその言葉を、俊は恐らく最大限何とか理解しようとしたのだろう。

「んー……それって、嫌でも、体育の時にいっぱい走らないといけないのと似てる感じ？」

たとえとして出てきたのがそれで、思わず夏樹は噴き出した。

「そのたとえ、ひっどい…！　俺、もうちょっとシリアスに悩んでたんだけど」

「じゃあ…、もうおなかいっぱいなのに、もっと食べろって言われる的なのは？」

「もっと離れた。そんで、うん、いろいろどうでもよくなった」

夏樹のその言葉に、俊は不満そうな顔をしたが、

「じゃあ、今度、嫌じゃない時に僕に何か生けてくれる？　あれと同じ花で」

不意にそんなことを言った。

「グロリオサを？　俊のイメージじゃないけど」

「グロリオサっていうんだ。あの花がいい」

「いいよ。今日の花材でまだ残ってるのがあるし、俊を送ってく時に一緒に行って生けてあげる」

そう約束をして、その約束どおり夕方になって俊を家まで送っていった時に、俊の部屋に合うように花を生けた。


「あの時、俺、本当に初めて花を生けるのが楽しいって思えた」

気楽な立場だと言われる半面で、それは期待されていないという言葉の裏返しでもあって、そのことに対する不満が心の底にあるのには気づいていた。

期待をされていないのに、兼條の人間として花と向き合うことを強要される。

それが自分の何になるのかも分からないのに。

「俊が喜んでくれるかなって思いながら生けて、本当に楽しかったんだ。あれから、稽古が嫌じゃなくなった。誰かに喜んでもらうための技術を、ただで親や師範から教えてもらえるんだって思えるようになった」

俊の家に遊びに行くたびに、花を生けた。

家族の誰かが誕生日だと聞けば、小さなアレンジを作って届けた。

「俊が喜んでくれるのが、一番嬉しかった。ずっとそばにいて、俊を一番笑顔にできる存在でいたかった。だから……俊が幸せになれるんならって、須賀とのことだって俺は……」

夏樹はそう言うと、怖いくらいに真剣な顔で俊を見た。

「須賀にも何か事情があるのかもしれないと思うけど、俊のことを一番に考えられない奴に、俊を預けられない。……俺にとって一番はいつも俊だった。絶対に大事にする、泣かせたりもしない。それに俺、あいつと違って貧乳好きだから、そういう意味で俊が女に引け目を感じることもないし……俊がいたら、本当に他の誰もいらない。俊しか、いらない……」

夏樹は俊を抱きしめた。

途中、一瞬台なしな言葉がつっ込まれてきたが、微熱で頭がふわふわしている上に、思ってもいなかった夏樹からの告白に、俊は何かを深く考えるということができなくなっていた。

いや——むしろ、何も考えたくなかった。

「本当に……僕なんかでいいの？」

気がつけば、そんなことを呟いていた。

「俊がいい。俊じゃなきゃ、いらない」

夏樹からは、すぐにそんな言葉が返ってきた。

正直、夏樹をそういう意味で好きかと言われたら、考えたことがないから分からない。

けれど、嫌いじゃないことだけは確かだ。

ずっと一緒にいて——夏樹といて、今まで、本当に楽しいことばかりだった。

——だからきっと、これからだって……。

夏樹といれば、きっと楽しいだろう。

今みたいに悩んだり、つらかったりしなくてすむだろう。

それは、現実逃避だと分かっていたが、その逃避先はあまりにも優しく俊を包む。

そして、この逃避先を拒めば、もう夏樹とは今までみたいにいられないだろう。

そのことが、怖かった。

「……俺と、幸せになろ?」

夏樹の言葉に、俊はうんと頷いた。

それが、すべての始まりだった。

ゆっくりと近づいてきた夏樹の顔を、ぼんやりと俊は綺麗だと思った。

そう思っているうちに唇が重なって、ついばむような口づけを繰り返したあと、ゆっくりと舌が口の中に入ってきた。

初めてではない、というだけでまだまだ不慣れな俊はどうしていいか分からなくて、夏樹にいいように蹂躙《じゅうりん》され、意識が溶かされていく。

口づけながら、夏樹の手が俊のシャツのボタンを外していき、肩からシャツが落とされた。そして素肌に直に手が触れて、その感触に俊は小さく震えた。

「…いや?」

すぐそれに気づいた夏樹が、少し唇を離して、甘い声で聞いてくる。

「…ううん……」

「寒くない?」

「大丈夫…」

そう答えると、満足そうに夏樹は笑ってまた口づけてきた。

口づけながらゆっくりと体を押し倒されて、ベッドに寝かされると、夏樹がのしかかるようにして覆いかぶさってきた。

口づけは優しく触れるだけのものになったり、また深くなったり、俊にはまったく予測がつかなくて本当にされるがままになる。

その間に夏樹の手は下肢に向かい、俊が穿いていたジーンズの前をくつろげる。そしてそのまま下着の中に手を差し入れた。

「あ……っ」

「大丈夫？」

問う声は優しいのにどこか不安げで、いつも明るい夏樹の声とは違って聞こえた。

「うん…」

「優しくするから…」

夏樹はそう言うと、俊自身を直に捕らえた。そして柔らかく揉み込むように愛撫をしたあと、ゆるゆると扱き始める。

「ふ…ぁ、あ」

一度、幸成にされているから抵抗はなかった。

だが、抵抗がないことと羞恥は別問題で、それがずっと一緒にいた夏樹だと思うと、申し訳なさやいたたまれなさも同時に襲ってくる。

額や鼻に触れるだけの口づけをいくつも降らせていた夏樹が、一度口づけをやめて俊を見つめながら問い返す。

「俊、何？」

「夏樹…くん……」

その顔は、いつもの優しい夏樹で。

そして少し、いつもと違う雰囲気もあった。

その夏樹に何を言いたいのか分からなくて、俊はただ小さく頭を横に振る。

「なんでもない」

「本当に？」

確認されて、頷いた。

夏樹なら、いい。

まだ、夏樹を好きなのかどうか分からないけれど、夏樹と離れたくないという気持ちは本当だし、ずっといられるなら、いい。

このまま、夏樹と一緒にいられるのなら。

「俊、大好き」

俊の葛藤を見越したように夏樹は言って、再び口づけてくる。

その口づけの甘さに、俊は逃げ込む。

夏樹の手の中で俊自身も熱を孕んで勃ち上がり、やがて蜜を零《こぼ》し始めた。

「ん…っ…あ、あ」

「気持ちいい？」

問う声に頷けば、ご褒美のように鼻の頭に唇が下ろされた。その唇は頬から顎《あご》を伝い、首筋を辿《たど》って鎖骨に下りた。

浮き出た鎖骨に甘く歯を立てたあと、唇は胸へと向かい、そして淡く色づく突起を捕らえる。

「ふ…ぁ、あっ」

くすぐったさに体が竦んだ。だが、手の中の自身を扱かれて、甘い刺激に身悶える。

「や…あ、あっ、あ……」

胸の突起を吸われ、そして舐め上げられると、さっきとは違う感覚が体を走る。

それを煽るように手の中の自身への愛撫も止まることはなく、零れ出した先走りの蜜がクチュクチュと音を立てているのも聞こえて、その音にも俊は追い詰められた。

「んっ、あ…ぁ、も、…や…だ…っ、あ、あ」

胸と自身を散々いたぶるように愛撫していた夏樹が不意に顔を上げる。

「嫌？」

聞いてきた顔は不安そうだった。

「…恥ずかしいよ……」

夏樹が嫌なわけではないと言外に伝えれば、夏樹は困ったような顔をした。

「ごめんね。恥ずかしいだけなら、やめられない」

そう言うとまた顔を胸に伏せる。さっきとは反対側の尖りに吸いつきながら、もう片方には指を伸ばして揉み込んでくる。

もちろん、自身への愛撫も続けられて、三ヶ所に与えられる愛撫に俊は夏樹の体の下で小さく震えた。

「あぁっ、あ……っ…あ、…んっ…あ、あ」

自身から溢れる蜜が量を増したような気がして、恥ずかしさに気が遠くなりそうになる。

やがて夏樹の唇が胸から離れ、脇腹を辿って下りていく。

ヘソの穴に舌をねじ込んで、ひとしきり舐《ねぶ》ったあと、一度顔を上げる。

「俊のここ、すごく気持ちよさそうにいっぱい零してるね……。可愛い」

夏樹はその手の中で震えながら、すでに白濁の混じった蜜を零している俊自身を見つめながら、どこかうっとりとした様子で言う。

「……っ…」

恥ずかしさに言葉すら出ず、俊は眉根を寄せた。

「大丈夫だよ、全部ちゃんと綺麗にしてあげるから」

夏樹はそう言うとゆっくりと顔を下ろし、濡れた俊自身の先端に吸いついた。

「……！　夏樹くん…っ！」

まさかそんなことをされると思っていなくて、俊は咄嗟に体をよじろうとした。しかし、その前に夏樹が俊の腰をしっかりと押さえ込んでそれをさせなかった。

夏樹は深くまで俊自身を咥《くわ》えると、甘く舌を絡めて舐め上げる。

「や…ぁ……っ、あ、だめ、夏樹…く……」

腰が砕けそうになりそうな甘い快感が俊の中で渦を巻き始めて、どうしようもなかった。

「ん…あっ、や…あっ、あっ……あ！」

甘く歯を立てながら顔を上下されて、さらに先端では尖らせた舌で蜜穴を暴くように舐められる。

それと同時に根元の果実を指で弄ばれて、俊の限界はすぐそこだった。

「だめ…っ……夏樹くん…出ちゃう、から……」

恥ずかしさを押し殺して言ったのに、夏樹はそれを無視した。いや、無視するどころか、さらに追い詰めるように舌を使い、根元の果実を揉み込みながらもう片方の手では俊自身を緩く扱く。

「やぁああっ、あ、だめ、そん…なの…あっ、や…、あっ、あ…ああっ」

きつく吸い上げられた瞬間、堪えきれず俊は夏樹の口の中で達した。

悶える腰をうまく押さえつけながら、夏樹は放たれる蜜を飲み下していく。その口腔の動きの卑猥《ひわい》さに俊はいたたまれなくて——それなのに気持ちがよくて。

「あ…ぁ、あっ、あ」

自身に残る残滓《ざんし》まで吸い上げるように夏樹は先端を吸いたてながら俊自身を扱き上げる。

達したばかりの自身には酷なまでの愛撫で、俊は体中を震わせた。

「だめ……今、やだ……、や、あっ、あ」

夏樹の舌と手が動くたびに、俊の体が何度も震える。

だが、すべてを絞り取ったあとも夏樹の唇はそこから離れなかった。

すべてを飲み込んだあと、夏樹は幹やその根元に滴《したた》った先走りを舌で舐め取り始めたのだ。

「も…い……から…、っ…あっ、あ、や…だ……」

達した直後の敏感な自身は、与えられる刺激に萎えることも許されず、また熱を孕み始める。

夏樹は俊自身がその先端から新たな蜜が溢れる寸前まで俊自身を舐め上げてから、やっと顔を上げた。

その頃には、もう俊は体のどこにも力が入らなくて、小さく震えながら甘い息を吐くしかできなくなっていた。

「…俊……可愛い。大好き。だから、全部、俺にちょうだい……」

夏樹は甘えるような声で囁くと、投げ出された俊の手を取り、その甲に口づける。

「…つき……くん…」

名前を呼ぼうとした俊の声は喉に貼りついて掠れた。でも、そんな声にも夏樹は嬉しそうに微笑むと、ベッドサイドのテーブルの上から何かのチューブを手に取った。

「ちゃんとしたの、用意してなくてごめんね。まさか、本当に俊とこんなふうになれるって思ってなかったから」

手にしたそれの蓋を外し、中身を手のひらに絞り出していく。

乳液とクリームの間のような緩めのテクスチャーのそれは、どうやらハンドクリームのようだ。

それを見せつけるように夏樹は指にまとわりつかせる。

「あ……」

その様子にこのあと、夏樹が何をするつもりなのか分かった。

分かってしまって、急激に恥ずかしさが増したが、それと同時に体の中で幸成との夜に植えつけられた悦楽の記憶が蘇って、無意識に体が震えた。

「……須賀くんも、ちゃんと慣らしてくれたみたいだね」

俊の様子からそれを見て取ったのだろう。夏樹はそう言ったが、幸成とのことをどう思ったのかまでは分からなかった。

「じゃあ、手順、分かってるよね。…息、吐いて。ゆっくりするから、心配しないで」

言われたとおりに息を吐いていく。滑《ぬめ》りを纏った指が一本、後ろに押し当てられ入り込んできた。

「あ……」

中に入り込んでくる感触はやはり独特で、眉根が寄る。

「大丈夫、息して……」

つい、止めてしまいそうになった呼吸を繰り返していると、根元まで指が埋められた。その指はゆっくりと抽挿を始めたが、指先が少しだけ曲げられているのか、襞を緩く掻くような感触があった。

「ん…っ……」

「痛くは、ないよね?」

「だい…じょ、ぶ……」

声が震えて途切れるのは、痛みがあるからでも、怖いからでもなくて、体がこの前の悦楽を思い出して勝手に暴走を始めてしまうからだ。

それは、夏樹にもすぐ分かったらしい。

「指、増やすよ。俊も、物足りないっぽいし」

何度か軽く往復させたあと、夏樹はそう言うと指を増やした。

圧迫感はあるが、それでも痛みはなくて——それが逆に夏樹に申し訳ないような気持ちにもなる。

夏樹は特に気にした様子は見せなかったが、二本に増やした指で中を探り始める。

多分、この前幸成に暴かれたあの場所を探しているのだということが分かってしまって、分かってしまうと体が早く触れてほしがって夏樹の指を締めつけた。

「俊、ダメだってば。動かせないよ？」

からかうように言って、夏樹は中のいろんな場所に触れてくる。

その場所に触れられたのは、すぐだった。

「あっ」

「ココ？　俊のいいところ」

言いながら指先で繰り返し触れられて、思わず腰が揺れた。それと同時に熱を孕まされていた俊自身からも触れられたことでまた蜜が零れ落ちて、そこだと教えてしまう。

「せっかく綺麗にしてあげたのに」

夏樹はそう言うと、また顔を俊の下肢に伏せ、零した蜜を舐め上げる。だが、その感触にまた新たな蜜が溢れてしまって、どうしようもなかった。

「や…ぅ……、あっ、あ！」

また、すべてを夏樹の口に収められてしまう。今度はそのまま中の指を動かされた。

「ああ…っ…ぁ、だ…め……、あ、あ…両方…や……」

中の感じる場所を繰り返しなぞられながら、自身に舌を這わされて、俊の体がベッドの上で揺れる。

だが、自分の体が揺れれば中の指が予測のつかない場所に触れ、夏樹の口に捕らわれた自身も歯に当たったりしてしまって、余計に追い詰められた。

「やぁっ、あ…ダメ……っ、あ」

喘ぐ声に合わせるように肉襞が窄まる。それを煽《あお》るように指が抽挿されて、さらに感じてしまう。

グチュグチュと濡れた淫らな音を立てて出し入れを繰り返す指が三本に増やされて、さすがに俊の眉根がきつく寄った。

だが、それを宥めるように強く先端を吸われて、悦楽がすべてを塗り込めてしまう。

「や…ぁ…っ、あ、だめ、もう…や……っ、イっちゃう…また、あ、あ」

中に含まされた三本の指がいい場所を無遠慮に掻き混ぜて、夏樹の口の中で俊自身が達したのと変わりのないような先走りを噴き零す。

しかし、それらはすべて綺麗に飲み込まれて、その時の口腔の動きにも感じてしまう始末だ。

「あぁっ、あ……や…だ…出ちゃう…本当に、出ちゃう、から……」

気持ちよくて頭がおかしくなりそうで、俊はもう自分が何を口走っているのか分からなかった。そして、そそのかすように夏樹の歯が甘く俊の先端を噛む。

それと同時に中で三本の指がイイ場所を抉るように掻き混ぜて、俊の腰が跳ねた。

「やぁああっ、ああっ、あ……、あ」

また、俊の口で達してしまう。だが、今度はその途中で夏樹はもう片方の手で俊の根元を縛めて、ゆっくりと顔を上げた。

「や…っ……なん、で……」

中途半端に絶頂を止められて、俊は甘い責め苦にきつく眉根を寄せて夏樹を見る。

夏樹は濡れた唇をそっと舐めると、

「もっと、気持ちよくイかせてあげる」

縛める指はそのままで俊の中に埋めた指を引き抜いた。

咥えるものを失ったそこは、勝手にヒクヒクと誘うように淫らに蠢《うごめ》いて、そんな自分の様子を恥ずかしいとは思っても、もうどうすることもできなかった。

夏樹は片手で自身の前をくつろげると、中から猛った自身を取り出した。

「ゴムつける余裕ない。ごめんね、ちゃんとあとで綺麗にしたげるから」

そう言うとヒクついている蕾に自身の先端を当て、そのまま一気に押し入った。

「あ――ぁ、あぁっ、あ」

三本の指で蕩《とろ》けきっていた中は、大きさの差に少しおののきながらも、入り込んでくるそれを喜んで飲み込んでいく。

それと同時に縛められていた指を離されて、俊は夏樹を受け入れながら前から蜜を吐き出した。

「やぁっ、だめ…や…イってるから、今、やだ、やぁっ、あぁっ、あ……!」

「すごい、中ビクビクして気持ちい……。もっとよくなって」

夏樹は俊の腰を掴んで、そのまま強引に抽挿を始めた。

「あっ、ああっ、だめ、ほんとに…も、やぁっ、あ、あ」

イったままで感じさせられ続ける自身からは蜜がトロトロと溢れたままになってしまう。

それをうっとりと見つめながら、

「ほんと可愛い…可愛くて、おかしくなりそう……。ね、分かる？　中、動いてるの」

一度動きを止め、俊に問いかける。

その言葉に俊はイヤイヤをするように頭を左右に振って返事を拒むが、夏樹は流すつもりはないようだった。

「分かんない？　そんなはずないよね？　今もほら…きゅって締まった。分かるでしょ？　……ほら、言って。自分の中、どうなってるか……」

指先でそっと俊の唇をなぞる。その感触さえ、今の俊には刺激になってしまい体を震わせた。

「…言えるよね？」

ねだるような声に、俊は震える唇を開いた。

「……な、か…、夏樹くん…の、入って」

「入って、何？　どうなってる？」

そう言って軽く腰を揺らす。

「や…っあ、あ、擦れ…て……あっ、や…音……ぐちゃって…あっ、あ」

言葉にすることで、強く自分がどうなっているのかを自覚してしまい、恥ずかしさとそして与えられる愉悦に俊はもうどうしていいのか分からなくなる。

「ホント、可愛い」

そんな俊の様子に、甘い声で満足そうに囁きながら夏樹は腰を使う。最奥で捏《こ》ね回すようにしたかと思えば、浅い位置まで引いて、前立腺を擦り上げながら、中ほどまで。そこで緩い抽挿をしたかと思えば、また奥までねじ込んで——もう何をされても、俊は感じきって、喘ぐしかなかった。

トロトロと溢れる蜜が薄い腹の上に溜まって、そこから脇腹を零れてシーツに滴っていく。

その感触さえ淫靡で、また、軽く達してしまう。

「もう、どこ触ってもよさそう……」

夏樹はそう呟くと、不意に俊の片脚を掴んだ。

そして大きく曲げさせると、俊の足の親指に甘く噛みついた。

「やぁ……っ」

その刺激にまた、腰が跳ねる。

「指噛まれて、イっちゃうくらいイイんだ……。もっとしたげる」

そう言うと夏樹は緩く腰を使いながら掴んだ脚のあちこちに歯を立てたり、吸いついたりしてくる。

指を噛んだあと、指と指の間の薄い皮膚に舌を這わされると、くすぐったさと同時に甘い感覚が体を貫いて、また達してしまう。

「も…や……っ、あ、あ…だめ、だか……っ、も、おねが…っ」

感じすぎてつらくて、俊は哀願する。

「もう、無理？」

優しい声で問う声に俊は縋《すが》りつくように頷いた。

「も、む…ぃ…っ……から……」

「しょうがないなぁ。じゃあ、一度終わったげる」

夏樹は抱え上げた脚を下ろした。

「もう少しだけ、付き合ってね」

そう続けて、腰を抱え直すと容赦のない抽挿を始めた。

自身の果てを目指すための、乱暴にさえ思えるものだったが、悦楽を追うことに慣れた肉襞はそれに喜ぶように絡みつく。

しかし、感じたくない心がそれについていけなくて、俊の唇からは悲鳴に似た声しか上がらなかった。

「やぁああっ、あ、あ…っ！　も…いやっ、あ、ああっ、あ」

出すものはもうほとんどないのに、何度も達してしまう。

「ごめん、もうちょっと……」

「ん……っ…あ、だめ、あ、ああっ、あ」

「中、出すよ……」

逃げ出すようによじられる腰を摑み締め、夏樹が最奥を貫き、そこに飛沫をぶちまける。

「ぁ――あぁっ、中…ゃ……あ、あっ」

ただれたようになって敏感すぎる内壁に吐きかけられる飛沫の感触に、俊の体がガタガタと震えた。

その体に覆いかぶさるようにした夏樹が両腕でしっかりと俊の体を抱きしめる。

「俊、大好き……」

耳元に吹き込まれる甘い囁きと、抱きしめる腕の強さを感じながら、俊はそのまま意識を飛ばした。

5

「ほら、俊、小鉢がまだ残ってるよ」

月曜、食堂で夏樹はいつものように俊の世話を焼いて、手つかずのままの定食の小鉢を指差す。

「うん……食べる」

俊は夏樹から視線を逸らし、俯くようにして小鉢に手を伸ばした。

夏樹とそういうことを致してしまってから、俊は夏樹の顔をなかなかまっすぐに見られなかった。

土曜は結局、夏樹の家に泊まり、ご飯も離れに運んでもらってずっと二人きりだった。二人きりですることといえば、そっち方面で――俊の体を気遣って挿入こそあのあとはなかったものの、それ以外はいろいろあった。

俊にしてみればみっともないところばかりを見られているのに、夏樹は終始可愛い、可愛いと繰り返して、その言葉に感覚がマヒして、もうされるがままだった。

日曜の朝というか、昼近くになって起きてきてからはさすがにあまり深い行為には至らなかったが、ずっと抱き寄せられて、何かにつけてキスをされていた。

それが嫌だったかと言えば、そういうわけではなくて――嫌じゃない自分が怖かった。

そして、そういうことをしてしまったからといって、夏樹に対する自分の気持ちがはっきりとしたというわけでもないのだ。

自分の気持ちがはっきりしないのに、夏樹の優しさに逃げ込んでしまった気がする。いや、気がするのではなくて、実際にそうなのだろう。

「悪ぃ、隣いいか」

不意にかけられた声に、俊ははじかれるように顔を上げた。

そこには幸成が定食のトレイを持って立っていた。

「今やっと戻り？」

夏樹が大して気にする様子もなく口を開き、自分の隣を指差す。

「ああ、商談は終わってんのに、そのあとの話が長くて嫌になる。おかげで今日のA定食売り切れちまってた」

幸成はそう言うと腰を下ろして食べ始める。

幸成と夏樹を目の前にして、俊は一気に罪悪感にのしかかられた。

——どうしよう……何か言ったほうがいい？

そう思うものの、何を言っていいか分からなくてとりあえずしゃべらなくていいように小鉢に残っている総菜を口に入れる。

そうして、ひたすら噛む。

「……志藤」

「…っ…ひゃい…？」

不意に幸成に名前を呼ばれて、俊は返事をしようとしたが口の中の総菜に阻まれて変な声になった。

「それ、うまくねぇの？　おまえ、ひたすら噛んでるけど飲み込んでなくねぇ？」

そう言われて俊は、自分が嚥下《えんか》することを忘れているのに初めて気づいた。

「俊はよく噛むいい子なだけだよねぇ」

夏樹が笑顔で言う。

でも、俊は生きた心地がしなかった。

幸成とエッチをした。

そして、夏樹ともエッチをした。

その二人が目の前にいる。

——こういうの、二股になるの？

いや、間違いなくなるのだろう。

冷静に他人に置き換えて、人生相談風に起きたことを羅列すれば、

『初恋の人に告白したらうまくいって、その日のうちにエッチしたんですが、それ以来連絡が取れなくなりました。悩んでしまって親友に相談したら、前から好きだったと告白され、つい彼ともエッチをしてしまいました。やっぱり二股でしょうか？　これからどうすればいいですか？』

みたいな感じになるだろう。

そして、返ってくる回答はきっと、

『知るか！』

だろう。

ツイッターだったら炎上物件に違いない。

——最低だ、僕……。

自己嫌悪と罪悪感に苛《さいな》まれて、俊は俯いたまま、何の味も感じられない総菜を飲み下す。

「はい、完食。偉かったね」

夏樹は相変わらず笑顔で褒める。

「おまえは保育園の先生かよ」

呆れた口調の幸成に、

「そんな他人行儀な関係じゃなくて、身内系だと思ってよ」

含みのある口調で夏樹は返した。

それに俊の緊張はマックスに達し、

「ごめん、これ、返しといて！」

そう言うとトレイをそのままで立ち上がり、逃げるようにして食堂を出た。

そして向かった先はトイレだ。

パニックになった俊はそこでリバースしてしまった。

「……どうしよう……」

それは吐いてしまったことではなくて、幸成と夏樹の二人のことに対して、だ。

冷静に考えれば、幸成が自分に対してどういうつもりでいるのか、まったく何も確認をしていない。

確認をしていないのに、連絡がないことでもうダメだと思ってしまったけれど「終わり」だと確定したわけではないのだ。

それなのに、夏樹に好きだと言われて、夏樹を失いたくなくて……。

――だって、須賀くんともダメかもしれないのに、夏樹くんとまでダメになりたくなかった……。

そういう甘えた考えがあることは自分でも理解している。

では、どうすればいいのだろう。

――須賀くんと会って、ちゃんと話をして…。

でも、なんて言えばいいのだろう。

『連絡が取れない間に夏樹くんとそういう関係になったので、なかったことにしてください』

そんなこと、言えるわけがない。

というか、言えない。

顔を見て、やっぱり好きなんだと思った。

でも、夏樹のことも――。

「俊、ここにいるの？」

個室の中で悩んでいると、外から夏樹の声が聞こえた。

「……っ…、ごめん…気持ち悪くなっちゃって…」

「吐いたの？　大丈夫？」

ドア越しに心配そうな声が聞こえる。

「…もう、大丈夫」

「出てこられる？」

それに、俊はどう答えればいいのか分からなかった。

心配をかけているのは分かっているが、夏樹の顔を見るのが怖かった。

黙っていると、

「もし、何かあったら携帯ですぐ連絡してきて」

夏樹は何かを察したのか、そう言ってトイレから出ていった。

——夏樹くん、ごめん……。

胸のうちで謝る。

謝っても、これからどうすればいいのか、分からなかった。


気持ちが落ち着くまでトイレに籠城して、昼休みが終わるギリギリに俊は部署に戻った。

食堂でのことは誰にも見られてなかったのか、それとも気遣って触れないでくれているのかは分からないが、何かを言われることもなかった。

——とにかく、仕事しないと……。

俊は小さく息を吐くと、やりかけの仕事に取りかかった。

仕事に取りかかってしまえば、余計なことは考えないですむ。俊は没頭するようにして仕事をこなし、一段落したところで、社内メールのチェックを始めた。

緊急を要するものは内線電話などで連絡があるので、メール連絡のものは返答に余裕があるものや一斉のお知らせなどなのだが、油断をすると、大量に溜まってしまって目を通すだけで一苦労ということになりかねない。

来ていたメールの大半は一斉お知らせと簡単な確認のメールだったが、その中の一通、つい十分ほど前に到着していたメールに、俊は目を見開いた。

差出人のところは、須賀幸成、と書かれていた。

——……どうしよう…。

何について書かれたものなのか、考えただけで怖い。

交換した携帯電話のプライベートアドレスのほうではなく、社内メールを使っているのだから、もちろん仕事に関係したものである可能性のほうが高いのだが、今まで幸成から個人割り当てのアドレスにメールが来たことはない。

件名から推測できないかと思ったが、『総合事務・志藤様』と無難に宛名をタイトルに使うやり方で内容が分からなかった。

俊はしばらく悩んだあと、覚悟を決めてメールを開く。

そして、内容を確認し——血の気が引いた。

『体、大丈夫か？　それから、携帯水没させてデータ全部吹っ飛んだ。悪いけど携帯のアドレスとか、教えて』

——この前、携帯水没させてピンチだから——

以前、食堂で会った時に、幸成がそんなことを言っていたのを思い出した。

その時は大変だなぁ、としか思わなかったのだが、連絡がなかったのは俊のアドレスが分からなかったからなのかもしれない。

そして、もしかしたら……俊から連絡があるのを待っていたのかもしれない。

――どうしよう……！

二度目の「どうしよう」は一度目よりも切羽詰まっていた。

「志藤、どうした？　顔色悪いぞ」

隣の席の先輩に声をかけられ、俊ははっとして頭を横に振る。

「大丈夫です」

「無理すんなよ？　昼飯の時も調子悪そうだったし、金曜倒れてんだし」

やはり、食堂で様子がおかしかったのを見られていたらしい。

「すみません……、家でちゃんと休んだつもりだったんですけど」

「まあ、新人の疲れが出んのは今頃って相場は決まってるけど、もしかしたらってこともあるから、長引くようなら病院へ行ったほうがいいぞ？」

純粋に心配してくれる言葉に、ありがとうございます、と返して、俊は幸成から来たメールに返信した。

『心配かけてすみません。もう、落ち着きました。携帯のアドレスは以下です』

必要事項のみの返信に、気を悪くされないだろうかと思いながらも、それ以上書くことも思いつかなくて、送信ボタンを押す。

十分ほどで、俊の携帯電話に幸成からのメール着信があった。

送信確認のためだけのもので、本文はなく、「アドレスありがとう」というタイトルだけで、俊も返信の形で「どういたしまして」とだけ本文に打ち込んで返した。

お互い、就業時間中なのでやりとりはそこで一度終わったが、俊はしばらくの間、仕事に身が入らなかった。

◆
◇
◆

翌日、俊は昼食時間が近づくにつれて、落ち込んだ。

昨日、俊は家に帰ってから、しばらくの間幸成と電話をした。

声を聞くだけでドキドキして、落ち着かなくて、ふわふわした。

あのあと、連絡をしなくてごめん、と幸成は謝ってきた。

携帯水没時にデータが飛んでしまったことを思い出したのは、あの次の日の昼前に俊にメールをしようとした時だったらしい。

早くなんとかしないと、と思ったものの、外回りがメインになっていたあの時は朝礼直後に外に出て、会社に戻るのは就業時間が終わってからということが続いていて、就業時間きっちりで帰る俊とはずっと会えず、連絡が取れなかったらしい。

『兼條に聞くって手もあったんだけど、いろいろ理由聞かれたらまずいと思って聞けなかったし、そんで、やっと社内メール使えばいいんじゃんって気づいてさ』

夏樹の名前が出た時、俊の心臓がキュッと一瞬引き絞られるような感じがした。

勝手に幸成に振られたと思って、夏樹と関係を持った。

いや、連絡がないだけなら多分我慢していたと思う。

決定的になったのは幸成が巨乳合コンに行ってお持ち帰りしたと聞いたからなのだが、そのことについては俊はどうしても聞くことができなかった。

もし聞いて「女のほうがいいに決まってるだろ」というような決定的なことを言われるかもしれないと思うと、怖かったのだ。

電話を終えると、夏樹から体調を心配するメールが来ていた。

それにもまた、胸が痛くなる。

『大丈夫、心配かけてごめんね。また、明日、会社で』

当たり障りのない文章を返したあと、

「……最低だ…僕……」

自己嫌悪で押しつぶされそうになった。

しかし、俊が自己嫌悪で押しつぶされようとどうなろうと、当然のことながら時間がたてば朝が来て、出社時刻になる。

朝は、幸成にも夏樹にも会うことなく、俊は自分の部署に辿り着けた。

しかし、お昼はそういうわけにもいかない。

よほどのことがない限り夏樹と食べる約束をしているし、もしかしたら昨日のように幸成も一緒になるかもしれないのだ。

その光景を想像するだけで、胃がキリキリ痛む。

俊は、昼食まであと一時間というところで、一度席を立った。

そして向かったのは社長室だ。

「アポイントはないんですが、お会いできますか」

社長室の前にある秘書課で、この前車を手配してくれた秘書に声をかける。彼はすぐに連絡を取ると、俊を通してくれた。

祐一は、急にやってきた俊に驚きながらも笑顔で迎え入れてくれた。

「ようこそ、私のお城に」

おどけた様子で言いながら、ソファーに座るよう促す。

「急に来て、ごめんなさい」

「いいや、かまわないよ。何かあったかかな？」

そう聞かれて俊はここにきて迷ったが、思い切って頼み事を口にした。

「このあと、予定がなかったら、お昼ご飯にどこか連れていってほしくて」

切り出したのは、食堂での昼食回避のためのものだった。

切羽詰まった様子の俊から出たあまりにささやかな願い事に、祐一は苦笑する。

「まさかそんな可愛いお願い事をされるとは思わなかったな。もちろん、かまわないよ。俊だけ？　兼條くんも一緒に？」

俊が夏樹と一緒に昼食を取っているのは話したことがあるので、祐一も知っている。それを覚えていて言ったのだと思うが、夏樹の名前が出ただけで俊の胸が痛んだ。

「……僕だけ」

「分かった。じゃあ、時間になったら裏に車を回しておくからおいで」

「うん、ありがとう。……お父さんに、誘われたことにしていい？」

恐る恐る聞くと、祐一は特に理由も聞かず頷いた。

「いいよ。お昼は何が食べたい？　和洋中イタリアン、ザックリでも教えてもらえるとありがたいな」

「軽めのイタリアンでお願いします。……パスタくらいの軽めの…」

「分かった。さっそくリサーチをかけるよ。他に何かある？」

祐一に聞かれ、俊は頭を横に振る。

「ううん、それだけ。ありがとう、ごめんなさい」

「気にすることはない。じゃあ、お昼に」

その言葉に俊は立ち上がると、ぺこりと頭を下げて、社長室を出た。

公私混同と、逃避の片棒を祐一に担がせたことが申し訳なくて仕方がなかったが、とにかく今は幸成とも夏樹ともまだ顔を合わせたくなかった。

部署に戻る前に、俊は携帯電話から夏樹に『お父さんにお昼ご飯に誘われたので、今日はごめんなさい』と連絡を入れる。部署に戻ってから『分かったー。おいしいもの食べておいでね』と返信があって、それに胸の中で、ごめんと謝った。


昼食に連れ出してくれた祐一は、俊には急な願いの理由については何も聞かなかった。

聞いたのは、仕事のことと、体調のことだけだ。

昼食のあとはまっすぐに会社に戻ることになったのだが、その車内で祐一は、

「何かあったら、抱え込まずに相談しにおいで。いいね？」

それだけ、言った。

無理に聞き出すことはしない祐一の優しさが嬉しくて、俊はただ頷いた。

午後の仕事まできちんと部署に戻ると、その後、俊は問題なく仕事に集中できた。

問題はただ先延ばしになったにすぎないのだが、目の前の問題だった「昼食時にまた三人一緒になるかもしれない」ことを回避できたことで、とりあえずの命拾いができたからだ。

「志藤くん、この書類なんだけど、不備確認してもらえる？」

その言葉と共に回収されてきた書類が俊に回ってくる。

「分かりました。不備のあるものは再提出お願いしてきます」

「ごめんね、よろしく」

受け取った書類を確認して、記載事項漏れを確認していると、

「なんか今、スッゴイところに遭遇しちゃった……」

書類配布に出ていた別の先輩社員が戻ってきた。

「何、何？」

全員がどんなすごいことがあったのかと注目する。

「営業部のとこの休憩コーナーあるじゃない？　そこですっごい殴り合い」

「え、殴り合いって。誰が」

「新入社員二人だと思う。そこにいた五、六人の男の人で止めに入ってたけど、収まんないくらいの勢い」

その言葉に、俊の血の気が引いた。

——須賀くんと、夏樹くんが…？

「新入社員二人って、どっちも志藤くんの友達だよね？」

何があったのかと考えるより早く聞かれて、俊はぎこちなく頷く。

「は…い……」

「たまに三人でご飯食べてたりするから、仲いいんだと思ってたけど……そうじゃなかったの？」

「いえ…分からない、です……。ご飯の時は、普通、だから」

俊がぎこちなく返すと、

「仲悪かったら一緒に飯食わねぇって。同期で同じ部署だと分かりやすくライバルだから、いろいろあるんだろ？　あの二人、どっちも営業成績いいし、僅差でいろいろ争っててもおかしくねぇじゃん」

話を聞いていた一人が言う。

「それもそっか。営業部って営業成績がもろに給料に反映されるもんねぇ」

「リアルに格差出るもんなぁ。俺、事務でよかった」

みんな、なんとなく勝手に想像して結論づけたのか、その後はすぐ仕事に戻る。俊も渡された書類の確認作業に戻ったが、なかなか落ち着かなかった。

結局その日はどちらとも顔を合わせることはなかった。

二人にメールをしてみようかとちらりと思ったが、結局そんな勇気はなくて、明日になれば会社で会えるだろうと、とりあえず俊は一日やりすごすことにした。

翌日、夏樹と会えたのは昼食時の社員食堂だった。

いつもどおり入口で待ち合わせていたのだが、現れた夏樹は左目の下から頬までを覆うようにガーゼをしていて、唇の端も切れて赤くなっていた。

「夏樹くん、その怪我……」

俊が聞くと、

「あー、うん、ちょっとね。もう、噂になってるでしょ？」

逆に聞き返してきて、俊は頷く。

「須賀くんとって……」

「そういうこと。ちょっといろいろあってね」

夏樹はそう言ってぼやかす。

何があったのか聞こうかとも思ったが、詳しい理由を聞くのは、俊自身にやましいところがあるから、ためらわれた。

「……気をつけてね」

「うん。じゃあ、俺、ご飯買ってくるから、場所、よろしく」

いつものように夏樹は言って、販売カウンターに向かっていき、俊はいつものように空いている席を確保する。

ややすると夏樹が二人分のトレイを持って戻ってきて、食事を始めた。

口の傷に沁みるのか、夏樹は時々顔を歪める。

ガーゼの下は多分、青あざになっているのだろう。隠れきれていない部分にそれが見て取れた。

「……営業に出るのに、怪我、大丈夫なの？」

恐る恐る俊は聞いてみる。

「やっぱりギョッとされるよね。でも、ナンパでからまれてた女の子を助けたら、男に殴りかかられたって説明したら、納得してもらえる。お礼に、夜中に鶴が機織《はたお》りにやってきました、まで付け足せば笑って終わりだよ」

「さすがって、言えばいいのかな、それ」

俊が聞くと、夏樹はただ笑った。

それはいつものとおりの夏樹のようで、俊は少しほっとした。

夏樹とはそうやって会えたが、幸成とはまったく会えなかった。

全部かどうかは分からないが、少なくとも総合事務を最初に通過する書類はすべて期限前に出してくるようになり、俊が催促に行かなくなると会う機会は格段に減る。

廊下ですれ違う程度のことはあるけれど、軽い挨拶程度だ。

携帯電話も、沈黙したままで、まったく連絡がない。

なら、自分から電話なりなんなりすればいいのだが、それも怖くてできなかった。

家で賢治に声をかけられたのは、問題の殴り合い事件から一週間ほどした頃だった。

「俊くん、ちょっと今時間いいかな？」

夕食後、部屋で本を読んでいた俊を訪ねてやってきた。

「はい、なんですか？」

読んでいた本を閉じて、賢治のほうに向き直ると、

「夏樹くんと須賀くんが殴り合ったって話は知ってるだろ？」

単刀直入に聞いてきた。

「はい、うちの部署でも噂になったし、次の日、夏樹くんにも会ったし……」

「あれから、ずっと険悪なままでね……。部署全体に悪影響が出始めて正直困ってる。二人を呼んで何があったのか聞いてみたが、二人ともだんまりっていうか…営業のかけ方のことで揉めたなんて口裏合わせたようなこと言うだけで。俊くんなら、夏樹くんから何か聞いてないかと思ったんだけど

「……」

そう聞かれて、俊は少し考えた。

「夏樹くんからは、何も聞いてなくて……心当たりもちょっと、ないです」

聞いていないというよりは、やぶへびになりそうで聞けなかったというのが本当のところだが、まさかそんなことは言えなかった。

「そうか」

「夏樹くんとなら……ご飯の時とか一緒だから、聞いてみます」

そう言ってしまったのは、このまま、何も知らないことにして全部をうやむやのままにしてしまうわけにもいかないと、分かっていたからだ。

二人の殴り合いの原因が何なのかについて聞くのは、やっぱり怖い。

けれど、このままでは絶対だめなのだ。

決意を固め、翌日の昼食後、俊は聞きたいことがあるから、と夏樹とこの時間帯あまり人気《ひとけ》のないフロアに移動した。

「…わざわざこんなところに移動するなんて、何が聞きたいのかな?」

先に切り出したのは夏樹だった。俊の様子から、話し出すまでに時間がかかると踏んで、短縮したのだろう。

「……昨日、賢治さんと話して」

「うん」

「夏樹くんと、須賀くんが……ケンカしたままで、部署の人たちもちょっと困ってるっぽくて、何か知らないかって……」

最初は夏樹を見て話し出したのに、気がつくと俊の視線は足元に落ちていた。

「……殴り合いになった理由は、正直人には説明できないかな。こう言ったら、俊は大体察しつくよね？」

その声に俊は恐る恐る顔を上げた。

夏樹は怒っている様子はなく、困ったような顔をしていた。

「……須賀、くんと…僕のこと……」

「うん。あいつが俊に対して不誠実なのが、我慢できなかった。合コンに行ってお持ち帰りしたとか、そういう話が俊の耳に入って、俊がどういう気持ちになるかくらい分かんないような無神経なヤツに俊を任せたくない。だから、俊はこれからは…これからも今までどおり俺が世話を見るし、寂しい思いもさせないからって言った」

夏樹の言葉に俊は茫然と目を見開いた。

「……須賀くんに…全部、言った、の……？」

「全部って？　俺が俊を抱いたこと？　話したよ？」

平然と返ってきた夏樹の言葉に、俊はどう返していいのか分からなかった。

「ダメだった？　あいつ、俊とそういう関係になってんのに合コン行っちゃうようなヤツなんだから、俊が気にすることないよ」

夏樹の言葉に、俊はただ戸惑うばかりだ。

いや、戸惑っていたわけではない。

思考が追いつかなかった。

「……俊は、やっぱり俺よりあいつのほうがいいの？」

しばらくして、夏樹が聞いた。

俊がその言葉の意味を理解するまでにも結構時間がかかった。そしてようやく出たのは、

「………分からない…」

それだけだった。

「そっか……、分からない、か…」

そう言った夏樹がどんな顔をしていたのか、俊には分からなかった。

もう、視界が涙で歪んでいたからだ。

夏樹はそんな俊の頭を撫でると、目にハンカチを押しつけた。

「泣いてたの、バレないように部署に戻りなよ？　……賢治さんには、何も教えてもらえなかったけど、気をつけるって言ってたって言っておけばいいから」

その言葉を残して、夏樹は俊を置いてフロアをあとにする。

俊は、その場所でしばらく立ちつくしていた。

自分が原因なんだろうと、ぼんやりと考えていた。

ぼんやりとしか考えなかったのは、考えること自体が怖かったからだ。

怖くて逃げ回った結果が、これだった。

そんな言葉が浮かんだが、何をどうしたいのかさえ、もう分からなかった。

——どう、しよう……。

分からなくて、また涙が滲む。

泣くことしかできない自分の情けなさに、また胸が痛んで、でもここで立ちつくしているわけにもいかなくて俊はとりあえずトイレに逃げ込むことにした。

いくら人気《ひとけ》のないフロアを選んで夏樹を呼び出したとはいえ、誰も通らないとは限らない。涙が止まるまでこもるならトイレの個室が手っ取り早い。

そう思って廊下をトイレに向かって進んでいた俊だが、階段の踊り場と交差するところまで来た時、不意に腕を引っ張られた。

完全に不意を衝かれて何が起きたか分からない間に俊は壁に体を押しつけられ、顔の横にドン、と手が置かれた。

「……兼條と、何話してたんだ？」

頭上から降ってきた声は、幸成のものだった。

「須賀…くん……」

見上げたすぐそこ、間近にある幸成の顔は、眉間にしわが寄せられて険しい表情を浮かべていた。

——俺が俊を抱いたこと？　話したよ？——

ついさっき、夏樹の言った言葉が俊の脳裏に蘇る。

幸成は、すべて知っている。

そう自覚した途端怖くて、俊は俯こうとした。

だが、幸成はもう片方の手で俊の顎をしっかりと捕らえて俯くのを許さなかった。

「兼條と、何話してたって聞いてんだよ」

静かな、けれどもピリピリとした気配を孕んだ声だった。

「べ…つに……なに、も」

「何もなくて、泣くのかよ」

ついさっきまで泣いていて、涙が止まらなくてトイレにこもろうとしていたのだから、目は涙で濡れたままだ。隠しとおせるわけがなかった。

「兼條に泣きついて慰めてもらったのかよ」

「ち…ちが……」

ちゃんと説明をしなきゃいけないと思うのに、頭は真っ白で、歯の根も合わなくて震えてカチカチと音を立てているのが分かる。

「…おまえ……」

振り絞るような声で幸成が何か言いかけた時、階段をしゃべりながら上ってくる人の声が聞こえた。

「……っ…僕、仕事に戻らなきゃいけないから……っ」

顎を捕らえる手の力が緩んだのを感じて、俊は咄嗟に幸成から逃れると急いで廊下を走って逃げた。

走って逃げながら――もう、すべてのことからも逃げたかった。

6

自分がどうしたいのかすら分からない状態では、何もできることなどなく、俊はとにかく仕事をするしかなかった。

それでも昼食は、夏樹が一緒に食べてくれた。

でも、その夏樹の顔も見られないし、会話もほとんどない。

日に日に俊の食は細くなったが、夏樹はもうとやかく言わなかった。

たとえ単品のおにぎりと総菜という組み合わせになり、それすら残すようになっても、だ。

夏樹ともそんな有様で、幸成とはあのあと、顔を合わせることさえなくなった。

——どうなったら、一番いいんだろう。

考えるけれど、分からなくて、ため息ばかりだ。

「俊様、お加減が悪いのでは？　このところ、顔色が悪くていらっしゃいますよ」

帰宅した俊を迎えた執事が、心配した様子で言葉を添えてくる。

それに俊は慌てて頭を横に振った。

「ううん、大丈夫。ちょっと仕事が忙しくて……時間中にどうやったら捌《さば》けるかなとか、いろいろ考えちゃって」

もっともらしい言い訳を口にする。

執事は納得したとは言いがたい顔だったが、それでも俊がそう言うのならそれ以上聞くつもりはないのか、お体にはくれぐれもお気をつけください、とだけ返してきた。

それにありがとう、と言って俊は部屋に戻る。

真奈は忙しくて、顔を合わせる機会は最近減ったが、博美とは夕食時には大体一緒だ。

悟られないようにしているが、執事に心配されたのではそろそろ限界かもしれない。

博美に落ち込んでいるところを見られれば真奈にすぐ話がいき、大騒ぎになるのは目に見えている。

そうなった時、隠しとおす自信はない。

――どうしたら、二人に心配かけずにすむかな……。

考えた結果、俊が思いついたのは、しばらく博美や真奈と会わない方法だ。

幸い、大学に入った頃に祐一から好きに使えばいい、と言われているマンションがある。会社にもほど近いそこは、祐一が以前、家に帰るのが億劫《おっくう》なほど疲れた時などに使っていた部屋だ。

今は別の物件を祐一はメインに使っていて、売却をするにも今は時期ではないからと俊にそう言ってくれたのだ。

好きに使えと言われても、使う機会はほとんどなかった。使ったのは大学時代、卒業論文に切羽詰まり、少しでも通学時間を短くしたいと思ったわずかな期間ぐらいだが、ついこの前まで大学生だったので最近のことだったりもする。

祐一に、しばらくマンションから通勤したい、と告げて了解を取り、博美や真奈にも仕事が忙しいみたいだと執事に説明してもらうことにして、俊は翌日からマンションに移った。

無論、博美と真奈からは『急にマンションから通勤なんて、何かあったの?』とすぐにメールが来たが、『ちょっと疲れが溜まってて、こっちのほうが朝寝坊できるからしばらくの間いるだけだから、大丈夫だよ~』と、できるだけお気楽に返信をした。

そして、そのついでに、というわけではないが覚悟を決めて夏樹にもメールをした。

『明日から、お昼ご飯、しばらく一人で食べるね』

それだけの短い文面。

返事はすぐに来た。

『分かった。一緒に食べられるようになったら、またメールして』

理由を聞かない『分かった』の返事。

安堵と、不安が同時に襲いかかってくる。

でもまだ、メールをできるだけいい。

幸成には、メールをすることさえ怖い。

——全部、僕のせい。

それは分かっている。

分かっているけれど、どうすればいいのか、どうしたいのか、それが分からなかった。

◆◇◆

マンションでの生活は、気楽な半面で、誰の目もないから延々とエンドレスで悩み放題だ。

食事や睡眠が不規則でも心配をかける人がいないから、朝食は飲み物だけになり、昼食もコンビニエンスストアでおにぎり一つ。夕食も、帰る時にコンビニエンスストアで調達するのだが、昼食と似たようなレベルだ。

そして、すべての時間を使って好きなだけ落ち込み、眠りが浅くて、すぐに目覚め、眠っても夢にうなされてすぐ目を覚ます。

マンションに移る前からすでにいろいろと不安定になっていた俊が、そんな状況で長く平気でいられるわけがなかった。

その週の金曜日、午後の勤務に入って間もなくだった。

「書類配布に行ってきます」

さまざまな部署に行って書類を配布するのは、三年目までの社員がローテーションで行っている業務だ。

今日は俊の番で、時間ができた午後になってそれをすませてしまうことにした。

「おう、気をつけて行ってこいよ」

声をかけられ、それに頷いて書類を抱えて立ち上がったのだが、その途端目の前が真っ暗になった。

膝ががくがくして、マズい、と思った時にはもう床に倒れ込んでいた。

「志藤！」

「志藤くん、大丈夫？」

すぐに近くに居合わせた先輩社員が集まってくる。

「だ…大丈夫です」

俊はまだぼんやりとする視界をはっきりさせようと、繰り返し瞬きをしながら、言った。

「いやいや、その顔色、どう考えても大丈夫じゃねぇだろ」

先輩の一人が俊の体を引き上げ、イスに座らせながら言った。

「いえ、ちょっと休めば、大丈夫です」

そう言ったのだが、

「休むんなら、家で休みなさい。ここ最近、ずっと調子悪そうだし……。急ぎの仕事、ないんだし、書類配布やっとくから」

床に倒れ込んでもしっかり胸に抱えていた書類を取り上げられ、早退を促される。

早退なんて大袈裟ですと言ったのだが、「おまえに何かあったら、俺たちが大丈夫じゃない」と言われ、結局早退することになった。

もちろん、早退しても帰ってきたのはマンションだ。

「……ほんと…ダメダメだ……」

マンションに帰りついた俊は、ベッドに体を投げ出すと、そのまま動けなくなった。

全部自分が悪い。

その「悪い全部」は何なのか。

幸成とそういう関係になったのに、夏樹ともそういうことをしたこと。

幸成のことも好きで、夏樹とも離れたくなくて、欲張ったこと。

幸成に合コンのことを聞かなかったこと。

幸成と連絡を取らなかったこと。

夏樹に甘えすぎていること。

そして、どっちつかずな態度なこと。

ぱっと頭に浮かんだだけでも、それだけある。

その「悪いこと」の中で、これから自分が直せることが何かと言えば、限られてくる。

二人とそういう関係になってしまったことは、もうどうしようもない。

連絡を取らなかったのも、合コンのことを聞かなかったのも、今さらだ。

これからできるのは、夏樹に甘えすぎないことと、どっちつかずな態度を改めること、だ。

——でも、もうきっと須賀くんは僕のことなんか嫌いになってる……。

では、夏樹を選ぶのかといえば……それも何とも言えなかった。

夏樹とは出会ってから本当にずっと一緒で、一緒にいることが普通で——この先も一緒にいたら、きっと自分は夏樹に甘えたままになる。

甘えることしかできない自分のことを、夏樹はきっと呆れるだろう。

いや、すでに呆れているかもしれない。

だから、昼食を一人で取りたいと言った時に、何も聞いてこなかったのだ。

「もう…一緒にいられないよ……」

憧れた人と、ずっと一緒にいた人。

どっちもなんて都合がよすぎるのに、両方に伸ばした手を放せなくて。

結果、どっちも手から放れるのだろう。

自業自得の不様さを、誰かに罵《ののし》ってほしかった。

溢れてくる涙を枕に押しつけて――そのうちに疲れて眠ってしまっていた。

目が覚めた時、窓の外は暗くなっていて、そして、インターフォンが鳴っていた。

――誰が来たんだろ……。

涙でバリバリする目元の感触を厭《いと》いながら、俊はのろのろと起き上がりインターフォンに向かう。

その間も繰り返し呼び出し音が鳴った。

鳴っているのは一階のオートロックエントランスの呼び出し音だった。

先にドアカメラで誰が来ているのか確認することもできるのだが、いつもの癖でインターフォンを繋ぐのとカメラを確認するのを同時にしてしまった。

「どちら……」

どちら様ですか、と聞きかけた俊の声は、カメラに映し出された人物に途切れた。

そこに映っていたのは夏樹だった。

インターフォンからの声で在宅がバレ、

『あ、俊？　俺。それから…こっちこっち』

夏樹は笑顔で言いながら、カメラに映るように誰かを呼び寄せる。フレームインしてきた人物に俊は悲鳴を上げそうになった。

『よお、早退したって聞いたけど、大丈夫かよ』

そこに映し出されたのは、幸成だった。

それは信じられない光景だった。

殴り合いのケンカをした二人が、今、マンションの下にいる。

『話があるから、ここ開けてほしいんだけど？』

いつもどおりの優しい声で、夏樹が言う。

だが、分かりましたなどと言えるはずがない。

ここでそう言える勇気があれば、食欲不振と睡眠不足で倒れて早退などという状況にはなっていない。

「……ごめん、今は、会いたくない」

『じゃあ、会ってくれる気になるまでここで待ってるから』

夏樹はさらりと言う。

「やめてよ！　会わないから！」

『うん、だから気が変わるの待ってる』

「…気は、変わらないから。少なくとも今日は変わらないから……っ」

俊はそう言うとインターフォンの通話をオフにして、そこから離れる。

正直、何が起きているのか分からなかった。

ケンカしていた二人が、揃って下にいる。

何のために、と思うと、本当に意味が分からない。

意味は分からないが、少なくとも覚悟を決めることができていない自分にとって到底会うことは難しいとしか言いようがなかった。

これも逃げだと分かっているが、今は逃げる以外にできなくて——そんな自分に嫌気もさすが、気持ちが落ち着くまで、とにかく逃げられるだけ逃げたいのが本音だ。

だが、二人は俊を逃がす気はまったくないらしく、一時間ほどしてからこっそりとカメラを確認すると、まだ二人はいた。

——なんで……。

もう一度インターフォンを離れ、さらに三十分後確認しても、二人はまだいる。

帰るは本当になさそうで、もしかしたら一晩中でもいるかもしれない。

そう思うと申し訳なくて、俊は部屋を出てエントランスに向かった。

エレベーターを降り、エントランスホールを二人のいるほうに向かって歩いていくと、先に幸成が俊に気づいた。幸成が何か言い、夏樹もこちらを見る。

それだけで俊は後ろ向きに走って逃げたくなった。

現に足が止まった。

だが、夏樹はニコニコ笑顔で手を振ってくるし、幸成も「開けてくれるんだろ？」というような顔で立っている。

俊はその二人と向き合ってしばらく立ちつくしたが、結局根負けした。

内側からロックを解除すると、自動ドアが開いて二人が入ってくる。

「よかったぁ、俊の気が変わってくれて」

「晩飯を交代で食うか、買ってきてここで食うか相談してたとこだ」

そんなことを言いながら歩み寄ってくる二人に、俊は後ずさる。

「帰ってほしいんだけど」

「帰るよ？　話が終わったらね」

夏樹はそう言うと俊の腕を摑んで、手から部屋の鍵を奪うと幸成に渡す。

「夏樹くん！」

「ごめんね？　でもここで騒ぐのは俊にとっても得策じゃないでしょ？」

夏樹が言う間に幸成はエレベーターのボタンを押して、開いたドアの中にさっさと入っていくと、

「さっさと来いよ。あんまり止めてると、他の住人に迷惑になるぜ？」

前提条件の「帰って」を聞き入れてはくれないわりには、至極まっとうなことを言う。

そして、「他人に迷惑をかけてしまう」ことは避けたい俊はその言葉に怯み、夏樹に手を引かれるままエレベーターに乗せられた。

夏樹は何度もこのマンションにも来ているので、勝手知ったる様子で部屋の階のボタンを押した。

そして到着すると、二人に挟まれ、ほぼ連行される状態で部屋に連れていかれる。

とりあえずリビングに腰を下ろしたが、リビングと言っても家具はほとんどない。以前使われていた家具は祐一が新しい部屋に引き上げ、その時に俊の好きな家具を入れればいいと言ってくれたが、結局買ったのはラグと小さなローテーブルだけだ。

豪華な部屋には不似合いな組み立て式の収納ボックスにテレビとコンポが置いてあるだけの部屋は殺風景なほどだ。

その殺風景な空間のラグの上に、俊は前を幸成と夏樹に占拠される形で座した。

二人が胡坐《あぐら》をかいているのに、なぜか、つい、正座だ。

俊が気まずい思いでいっぱいで、俯いたまま顔を上げられない中、最初に口を開いたのは夏樹だ。

「単刀直入に聞きたいんだけど、俊は、俺と須賀くんのどっちが好きなの？」

単刀直入と最初に断られたが、それにしてもほどがあるほどのド直球な問いだった。

そもそも、その質問に答えられるなら悩んでいないのだ。

だから、俊が答えられるのは、

「……分かんない…」

だった。

「分かんねぇって、どういうこと？　俺のことも兼條のことも、好きじゃねぇって意味？」

幸成の言葉に俊は頭を横に振る。

「違います……っ」

「どう違うんだよ？　説明してくんねぇ？」

その言葉に俊はしばらく黙したあと、

「……須賀くんのこと、は……ずっと憧れてて…迷惑がられてるかもって思ってたから、憧れの先のことは考えてなかったけど、好きなんだって…自覚して。……それで、夏樹くんのことはずっとそばにいてくれて、それが当たり前になっちゃってて気づかなかったけど、好きだから離れたくないって思ってるんだって……最近、ちょっと話したりしなくなってから気づいたっていうか……」

しどろもどろになりながら、自分の中でもまだはっきりと答えの出ていない感情を言葉にする。

それを聞いていた夏樹は、おおよそ予想していたのか、

「つまり、どっちがって選べないってこと？」

そう聞いた。それに俊が頷くと、

「選べないってことは、両方なら問題ないってことでいい？」

さらりと返してきた。

その言葉が理解できなくて、俊は顔を上げた。

「え？」

突然違う世界の言葉を聞いた、というようなレベルの顔をした俊に、幸成が嚙み砕いた。

「だから、無理に選ばなくていいってこと。こいつとちょっと腹割って話し合ったんだよ。おまえ、どっちともエッチしちゃえるくらいに俺たちのこと好きなんだろ？」

「え…、え？」

戸惑うしかない内容に俊は挙動不審になる。

「須賀くん、身も蓋もなさすぎだって、その言い方」

夏樹が苦笑する。

「内容的に間違ってねえだろ」

「間違ってないけど、俊にはもうちょっとオブラートに包まないと、衝撃的すぎて理解が追いつかないから。…あのさ、俊って二者択一で迷ったら、結局どっちも選ばないって選択しちゃうこと多いよね？　服を買う時だって二着の間で迷ったら、また今度にするってよくやるじゃん？」

確かにそういうことは多いかもしれない。

実際、ここに帰ってきてから似たような考えに至っていた。

「だから、無理にどっちかって選ばせなくていいんじゃないかって、俺と須賀くんで話したわけ。俊が複数の人間と乱交的に付き合うのは許せないっていうか、そういうのは引くけど、初恋の相手だったり、長い付き合いで関係を断てないとか、そういう理由っていうか俊の気持ちは分かるし」

「で、まあお互いにこいつなら許せるかなって思ったから、じゃあおまえを共有するってことでいいかって」

幸成が簡単にまとめてしまうが、俊はまったく事情が飲み込めず、思考が置いてけぼりだ。

「共有……」

「つまり、平たく言えば、三人で幸せになろってこと」

あっさり言った夏樹の言葉に、俊は目を見開いた。

「さん…三人っ？」

「え、今やっと理解したのかよ？　ずっとそう言ってただろ？」

「須賀くん、俊は些細なことでフリーズするから。でも飲み込んじゃえば理解は早いよ？　そういうわけだから、もう俊は何も悩まなくていい」

にっこり笑顔で夏樹は言う。

しかし、簡単に頷いちゃいけないことだけは分かる。

「でも……」

「考えなくていいって」

夏樹はそっと膝立ちになり、俊に近づく。それに続いて幸成も俊へと近づいた。

二人の手が同時に俊に触れる、左の腕は幸成に、右の腕は夏樹に摑まれて、そのまま左右から挟まれるようにして抱きしめられる。

「一緒に幸せになろ？」

「ちゃんと、俺たちで守っててやるから」

二人は甘く優しい声で口説くように囁く。

幸成はそのまま耳朶を柔らかく甘噛みし、夏樹は俊の頬を包むようにすると口づけてきた。

「……っ…」

入り込んできた舌の感触に俊の体が震える。どうしていいか分からない俊の舌を弄ぶようにしながら、夏樹は俊の口腔を思う存分舐め回した。

その間に幸成の手は俊の下肢へと伸びて、ズボンの前をはだけると俊自身を下着越しに触れてくる。

「……ゃ…っ」

思わず顔をのけぞらせて口づけから逃れた俊は叫ぶ。いや、叫んだつもりだったが、小さく喘ぎにも似た声にしかならなかった。

「可愛い声」

「もっと声出して」

幸成と夏樹は甘い声で言いながら、俊に伸ばした手をさらに淫らに蠢かした。

幸成は下着越しにはっきりそれと分かるように俊自身を揉みしだき、夏樹は引き出したシャツの裾から手を入れて俊の胸に直に触れて撫で回した。

「や…ぁ、あっ、あ…あ」

湧き起こる悦楽は抗いがたいもので、俊の意識に靄《もや》がかかり始める。

「ほんと、可愛い……」

「このまんま、俺たちのものになれよ」

喘ぐ俊に二人はうっとりとした口調で言う。

——ふたりのものに、なる？

ぼんやりとし始めた思考回路で、その言葉の意味と、そして現状行われていることを総合した。

つまり、二人とこのままエッチするということなのだろう。

二人と。

――え？

「ちょ…っと待って！　待って、お願い、待って！」

押し流される寸前、やっと理解が追いつきはっと我に返った俊は、必死で「待て」を発動した。

その声に、二人は少し動きを止めた。

「なに？　俊」

「どうした？」

窺うような顔で二人は俊を見るが、完全に捕食する様子を漂わせていた。

「…考える、から……」

俊は振りしぼるようにして告げる。それに二人は「は？」という顔になった。

「考えるって、何を？」

幸成が問い返してくる。

「…だから、その、これからどうするか」

「どうするって…何を？　ああ、心配しなくても一度に二人で俊に突っ込むとかしないから」

「そこまで俺たちも鬼畜じゃないって」

「違うよ！」

心配どころのまったく違う二人に、俊は即座に否定する。

「そうじゃなくて…それ以前っていうか、急に三人でとか言われても……。だから、ちゃんと考えるから」

「……つまり、俺か、須賀くんかってこと？」

夏樹に聞き直されて、俊は頷く。

「おまえさ、考えて答え出んのか、それ？」

冷静に幸成が聞く。

「あのさ、俊。いろいろあってから、俊はとりあえず逃げたよね？　その間、考えるっていうより逃避し続けたんじゃない？」

付き合いの長さから夏樹は冷静に分析してきた。

そして、その分析は間違っていなくて、俊は急にしおしおと、俯いた。

「……でも…、急に三人でって言われても…僕だって、心の準備とか…考える時間、欲しい」

俊の様子に夏樹はため息をついた。

「もう…、そんな顔されたらなんか悪者みたいじゃん」

「別に、そういうわけじゃ……」

「兼條、どうする？　時間やっても、答え出せると思えねぇけど」

幸成が夏樹にお伺いを立てる。

「そうなんだよね。考えた結果、尼寺に入るとかって斜め方向に突き進みそうな気もするんだけど……」

夏樹は少し考える間を置いたあと、言った。

「じゃあ一週間、時間あげる。来週末、答え聞くから、考えて？　須賀くんも、一週間でいい？」

「まあ、妥当なとこじゃねぇ？」

二人はそれで納得したようだ。

だが俊は、

「一週間なんて……！」

もっと時間をと続けかけたが、

「だーめ。俊は考える時間が長くなると、最初は一生懸命考えて、そのうち疲れてマイナス回転しだして、最終的に『迷ったからやめる』になるから」

夏樹にぶったぎられた。

「あー、そういや、おまえそういうとこ、あったわ。文化祭でも、配役選べなくて、最終的に余った女役押しつけられてたもんな。つーか、俺らのグループが押しつけちまったんだけど。早めに裏方選んどけばいいのに……」

「女役って、何それ！」

幸成の言葉に、夏樹が初めて聞く前の中学での話に食いついた。

「文化祭で『踊る百人の花嫁』っつー劇をクラスでやったんだよ。百人っつっても、全部で二十人しかいねぇんだけど、女子がうちのクラス十六人しかいなくて、四人は男から選んだわけ。うち三人の男は、柔道部とかバレー部とかの『どう考えても女に見えません』ってゴツいのが面白がって立候補してくれたんだけどさ、最後の一人が決まんなくて」

「ちゃ…ちゃんと、裏方やりたいって言ったよ！」

俊が反論する。

「でも、他の奴に取られたじゃん。最後になって焦って裏方選ぼうとするから。舞台背景は絵が苦手だからパス、とかってやってたんじゃねぇの？」

図星だった。

小道具製作は、不器用だったのでしり込みしてしまって、最終的に残ったのはプロンプターと踊る花嫁C（そこそこメイン）だった。

「じゃあ、花嫁衣装っぽいの着て、俊は踊ったわけ？」

夏樹は詳細を突っ込んで聞きたがる。

「花嫁衣装ったって、誰かの姉ちゃんのお下がりの長いスカート…、あ、おまえ自分の姉ちゃんの着てたな、確か。すっげーフリフリのやつ」

幸成も古い記憶を引きずり出して答える。

俊は紐解かれる黒歴史に、このまま消えてしまいたかった。

「ああ、真奈さん、確か甘ロリっていうか、姫系っぽいの好きだったよね！　高いからっつって自作もしてたし」

合点がいった、という様子で夏樹が言う。

真奈は一時期、いわゆる姫系ファッションにハマっていた。いや、今でも好きなのだが、社会人として一般社会に溶け込めるレベルに抑えている。

その趣味を生かして、今のブライダルコーディネーターという職に就いたのだ。

ゆくゆくは、自分でドレスなどもデザインも手がけてオリジナルでトータルコーディネートができるようになりたいらしい。

無論その夢は博美が全力でバックアップするらしい。

そのようなわけで、その時の俊の衣装は真奈が自分のスカートなどをゴージャス仕様にアレンジしたものだった。

舞台映えはよかった。

ただ舞台映えがよすぎたせいで着替えることを許されず、後夜祭のダンスの時までその衣装のまま、女子パートで踊らされた。

もちろん、その時に幸成とペアで踊って姫抱っこされた思い出に繋がるわけなのだが、俊の記憶の中では女装は完全削除していたのだ。

なぜなら、恥ずかしいからに決まっている。

「須賀くん、その時の写真とかないわけ？」

「ちょっと、夏樹くん！」

「あー…実家帰ったらあると思う。記念の集合写真撮ったから。ちょっと、この土日、実家帰って写真あさってくるわ。同級生に連絡したら、別のも持ってっかもだし」

「須賀くん！」

何を嬉々として人の黒歴史をほじくろうとしてるんだと言いたかったが、

「一週間待ってあげるんだから、それくらいの御褒美いいでしょ？　じゃ、俊、一週間あげるから、ちゃんと考えて？」

夏樹はそう言うと、やっと俊の胸から手を離して立ち上がる。

それに続いて幸成も俊から離れて立ち上がると、

「じゃあ、来週末。その間、こっちも遠慮しねぇから」

そんなことを言う。

「須賀くん、前の中学での俊の話、もうチョイ聞かせてよ」

「一年分もねぇっつーの。つか、おまえのが話題豊富だろ、そっち聞かせろよ」

「いいよ。あ、じゃあこれから、うち来る？　写真とか見せるし。じゃあね、俊。しっかり考えて！」

「じゃあな。また週明け、会社で」

二人は意気投合しながら、俊の部屋をあとにした。

残された俊は、いきなりの「三人で」提案へのパニックと、と掘り起こされた黒歴史の羞恥心と、中途半端に煽られた体の熱で、もういろいろと考えるどころではなかった。

「……二人の馬鹿っ！」

言ってみたところで、その二人はもう今頃はエレベーターだろう。

「……なんで、こうなったわけ？」

派手な殴り合いまでした二人が、一体どうして妙な合意に至ったのか。

いろいろ謎すぎて、俊はついていけなかった。

7

週明け、俊は元気を取り戻して出社をした。

金曜に貧血で倒れて早退したことが、賢治を通じて博美にバレ、土曜になってから真奈と博美二人に屋敷に強制的に連れ戻されたのだ。

「一人だからって、ご飯をおろそかにしてたんでしょ！」

だの、

「ちょっとでも朝寝坊したいくらい疲れてるのに一人なんて、負担が増えるだけじゃない」

だのと、ひたすら心配され、二日とも、部屋でゆっくりする以外のことは許されない勢いで甘やかされた。

おかげで、随分とゆっくりできて、食欲も普段どおりになったし、夜もしっかり眠れるようになった。

だが、それらの一番の理由は『幸成と夏樹が怒っていない』ということによるものだった。

とにかくあの二人を怒らせた、嫌われた、というのが、俊の最大の悩みだったので、それが解消されたのは大きい。

もっともそれが解消されるのと引き換えに、別の悩みを抱えることになったわけなのだが、とりあえず、この週末はそれについては考えないことにした。

それはある意味で夏樹の言ったとおりの「逃避」なのだが、時間は一週間あるのだ。

体調の悪い最初の二日くらいはゆっくり静養してもいい…と甘えたことを考えた。

そして週が明け、俊は出社したわけなのだが、

「おはよう、俊」

「よう、元気そうな顔になったじゃねぇか」

会社のエントランスで俊を待ち受けていたのは、にこやかな笑顔の夏樹と幸成だった。

「おは、よう…ございます」

挨拶を返しながらも、俊は身構えた。

本能的に「絶対に何か企んでいる」と感じ取ったからだ。

「さあ、行こっか。部署まで送るよ」

「ほら、カバン貸せよ」

夏樹は強引に俊の腕を掴み、幸成はカバンをほぼ取り上げる勢いで俊の手から奪う。

「いいよ、一人で行けるっていうか、今までも一人で大丈夫だったし！」

配属が決まってから今まで、偶然駅で一緒になってエントランスまで、というのはたまにあったが、部署まで送ってもらうなんてしたことがない。

「それだけ心配してんだって。なんせ金曜に倒れてんじゃん？」

「そうそう。もし一人で移動中に何かあったら、とかつい考えちゃうから」

言う間にも二人は俊を強制的に追い立てる。向かった先はエントランスの中央エレベーターではなく、俊の部署に一番近い通路奥のエレベーターだった。

中央エレベーターに比べて、奥のエレベーターは利用頻度が低い。よって、そのエレベーターに乗ったのは三人だけだった。

「ちょっと、変なとこ触らないでよ、夏樹くん！」

エレベーターのドアが閉まると、そこは密室である。

当然のように夏樹は俊に触れてきた。無論、性的な意味で、尻に。

「兼條、抜け駆けすんなよ」

そう言って幸成も空いているほうの手で俊の腰を抱く。

「須賀くん……っ」

「おいおい、こんくらいでそんな顔すんなよ。もっと酷いことしたくなるから」

「俊は困った顔とか、超可愛いからヤバいんだよねぇ」

二人は聞き入れる様子もなく、そんなことを言う。

そのくせ、チン、と音を立ててエレベーターが止まると、ドアが開くまでのわずかな間に俊から手を離し、いつもの好青年の顔に戻る。

そして俊をエスコートして部署まで連れていった。

「おー、今日は付き添いありで出社か」

先に来ていた先輩が、二人を連れて——というよりは二人に連れ込まれる形で部署に姿を見せた俊に言う。

「金曜に倒れたっていうから心配で」

「一人の時にまた貧血にでもなったらヤバいんで」

その先輩に返事をしたのは俊ではなく、夏樹と幸成だ。

「友達思いだなぁ……ていうか、二人とも、もう仲直りしたのかよ？　派手に殴り合ったって聞いたけど」

少し前のことについて先輩は聞いてくる。

「仲直りっていうか…折り合いつけたって感じです」

「二人で争っても仕方ないんで、共存って感じで」

みんな、殴り合いの原因が何かは知らない。勝手に「営業のことで揉めたんだろう」と察しをつけているようだ。

「そうだなぁ、相手を蹴落とすこと考えるより、そのほうが効率いいかもしれねぇからな」

だから、先輩の納得したような返事も至極もっともなわけだが、本当は何について折り合いをつけて共存したのかを知っている俊にとっては赤面ものだ。

しかも二人は、

「そうなんですよ。譲り合わないといけないとこもあるんですけど、まあ協力しあったほうが楽なこともありますし」

「交渉パターンも多いほうが有利だったりするんで」

しれっと、「営業に関してですよ」を装って返事をしたりする。

だが実際に、譲り合うのは俊のことであり、交渉パターンは説得のことだ。

精査が行われていた。

その不適切な処理は慣習として他の部署でも行われていた形跡があり、その追跡調査に必要な資料のようだ。

「分かりました、行ってきます」

俊はリストを手に部署を出て、資料室に向かう。

資料室はまるで図書館のように天井までいくつも棚が置かれ、すべての棚に整然とファイリングされた資料が並んでいる。

踏み台を使って上ったり下りたりしながら、リストにある資料を揃える。

何度も上り下りを繰り返すうち、徐々に足がつらくなってきた。

「女の人だと、本当に大変だ、この作業……」

呟いて、引き出してきた資料の中から、必要のないファイルは棚に戻す。その時、閉じたファイルにネクタイの裾を挟んでしまい、引っ張られた。

「あっと、やっちゃった」

俊はネクタイを引き抜いて、汚れたりしていないのを確認する。

「うん、大丈夫」

そして別の棚に向かい、必要な資料をすべて揃えた俊はカートを引いて部署に戻る。

無論それら大量の資料の確認は人海戦術で、比較的手の空いている者が総出で当たる。当然俊もそのメンバーに引き入れられた。

「もう、分からないなら分からないで聞いてくれればいいのに。処理後の訂正のほうが大変なんだから……」

「そうなんだよなぁ、軽く聞いてくれりゃすむのに……っと、この処理アウトだ」

ブツブツと愚痴を言いながらも、誰も手を止めることはない。

それでも、確認する数が膨大で、総合事務では珍しく一時間残業だったのだが、その日のうちには終わらなかった。

終われそうならもう少し、と頑張れたのだがそういう量でもないし、速さを求めるあまり確認作業自体がおろそかになってもいけないので、一時間で切り上げられたのだ。

そして帰り支度を整えていると、

「総合事務が残業なんて珍しいですね」

部署の入口に夏樹と幸成が姿を見せた。

「おう、二人揃ってお迎えか？」

残業していた先輩社員が問うと、

「兼條と飲みに行くとこだったんだけど、珍しく総合事務のフロアに電気点いてるんで、まだいるのかと思って来てみたんです。したら、ビンゴだったたって感じで」

幸成が答える。

「花の金曜日だもんなぁ。志藤、保護者のお出迎えだぞ」

こっそり気配を消して逃げようと――入口に二人がいるので、逃げられるわけがないのだが――思っていた俊はあっさり捕まった。

「もう帰るところなんでしょ？　一緒に……あれ、俊、ネクタイピンは？」

帰ろうと言いかけた夏樹は、不意に聞いてきた。

それに自分のネクタイを見ると、つけていたはずのネクタイピンがなかった。

ネクタイピンと言っても、ピンだけで留めているわけではない。ピンにはチェーンがついていて、シャツのボタンにひっかけられるようになっている。

それで何かがあった時でも落下を防げるようになっているのだが、ネクタイをめくってみると、シャツのボタンから切れたチェーンが下がっているだけで、ピンがなかった。

「え……」

その光景に俊は一気に真っ青になる。

つけていたのは、祐一からもらったあのネクタイピンだ。

「落とした…え、どこ？」

俊は即座に床に這いつくばってピンを捜す。

「どうした？」

俊の行動に帰り支度をしていた社員が驚いて声をかける。

「ネクタイピンがなくなっちゃって……」

俊が答えると全員が床の上を点検し始めた。

入口にいた幸成と夏樹もフロアに入り、捜し始める。

しかし、全員で捜したもののネクタイピンは床には落ちていなかった。

「どうしよう……」

祐一が父親から受け継いだ、大事なネクタイピンだ。

俊を信用して譲ってくれたというのに、それをなくすなんて、失態とかそんな言葉ではすませることができないレベルの話だ。

完全に狼狽《ろうばい》しきった俊に、

「別の場所で落としたんじゃない？」

夏樹が別の可能性を告げる。

「昼飯の時はついてるの見たから、落としたのはそのあとだな」

幸成が思い出しながら言う。

結局、幸成と夏樹に手伝ってもらって、午後に俊が行った場所を捜すことになった。

いつもは部署からあまり移動することがないのだが、今日は書類配布当番だったので行動範囲が広かった。

「あとはどこ？」

行く先々でも残っていた社員が捜すのを手伝ってくれたりしたのだが、ネクタイピンは見つからなかった。

「あとは、資料室……」

もしそこにもなかったらどうしようと、不安でいっぱいの俊の声は震えていた。

そんな俊の肩を幸成は軽く抱いた。

「心配すんな。社外に出てねぇんだから、少なくとも会社のどっかにはある。見つかるまで付き合ってやるから」

「須賀くん……」

「うわー、抜け駆け！　俺だって見つかるまで手伝うし！　っていうか俺が見つけるし！」

いい雰囲気になりそうなところを夏樹がぶち壊す。

「邪魔すんなよ、おまえ。こっからがいいとこだろ？」

幸成がため息交じりに言うと、

「目の前で抜け駆けされて黙ってるわけないじゃん」

悪びれた様子など微塵も見せずに夏樹は言うと、俊の手を強く摑んだ。

「大丈夫、絶対見つかるから」

「……ありがとう」

夏樹の気持ちが嬉しかった。

「じゃあ、行くか資料室」

俊と夏樹の会話に割って入るように幸成が言う。

「今、いい雰囲気だったのに……」

そう言って夏樹が少し唇を尖らせると、

「だからだって分かってんだろ？」

しゃあしゃあと幸成は返す。

そんな二人の様子に、俊は知らぬ間に笑みを漏らしていた。


「資料室って、初めて入るけど…なんか壮絶なほどの荷物だな……」

ずらりと棚が並んだ光景に幸成がため息とともに言う。

当然のことかもしれないが、所属する部署によって普段出入りする場所は随分と違う。俊たち総合事務の人間にとって資料室は馴染みの場所だが、営業部の幸成と夏樹にとってはまったく馴染みがないようだ。

「これだけの資料の中から物を捜すのってすごく大変そう」

夏樹も棚に並べられた膨大な数のファイルを見ながら息を吐く。

「そうでもないよ。部署と年度ごとになってるから……。今日、資料を捜してたのは、この通路とこの通路と……」

俊は資料を揃えるために行き来した場所を二人に伝える。

「じゃあ、俺、ここ捜すわ」

「じゃ、俺はこっち」

幸成と夏樹は二手に分かれ、捜し始める。俊も別の場所を捜す。

捜すと言っても基本的には床の上だ。落ちていればすぐに分かるはず——なのだが、行き来した床の上を見落としがないように入れ替わり確認する。

だが、ネクタイピンはなかった。

「ここじゃないとしたら、どこなんだろうね」

首を傾げる夏樹の言葉に俊は悲愴な顔になる。

「でも、もうここしか……」

「落ち着け。落ち着いて、資料を揃えてる時に何かなかったか思い出してみろ」

幸成に言われて、俊は必死で記憶を辿る。最初のうちは焦ってしまって何も思い出せなかったが、そのうちふっと思い出したことがあった。

「余計な資料を一緒に取り出しちゃって、それを棚に戻す時にネクタイが引っかかったことがある……」

「じゃあその時にファイルに引っかかったのかもしれねぇな」

「どのファイルか覚えてる？」

夏樹に問われて、俊は考えるが、今日準備したファイルはかなりの量で、どのファイルだったかまでは覚えていない。

「……ごめん、分かんない」

「謝んなくていいよ。ファイルリスト、持ってる？　抜けてるファイルの両隣を総当たりすればなんか分かるだろうし、三人いればあっという間だよ」

「おまえはいちいち、ちょっとしたこと気にしすぎだ」

夏樹に続いて幸成は言うと俊の頭を撫でる。

「……ありがとう、ございます」

俊はそう言うとポケットの中からファイルリストを取り出した。

それを三人で見て手分けをして持ち出したファイルの近辺のものを一つ一つ引き抜いて、ネクタイピンがひっかかっていないか捜していく。

そして十分ほどした頃、

「お、見っけ！」

幸成が声を出した。

その声に、同じ通路の下段のファイルを確認していた俊は、はじかれたように顔を上げる。

幸成はファイルに引っかかっていたネクタイピンを外すところだったが、それは確かに俊のものだった。

「あ……、あった…」

幸成の指先にあるプラチナのネクタイピンに、俊は安堵しすぎて茫然と呟いた。

「えー、須賀くんが見つけちゃったんだ、ざーんねーん」

別の場所のファイルを調べていた夏樹が戻ってきて、明るい声で言いながら、俊の頭に軽く手を置く。

「よかったね、見つかって」

「ほら」

幸成は俊の手の上にネクタイピンを置く。

「ありがとう、二人とも」

「どういたしまして」

「困った時はお互い様だろ？」

夏樹と幸成の言葉に俊はもう一度「ありがとう」と言って、ネクタイピンに傷がついたりしていないか調べる。幸い傷はついていなかったが、

「チェーン切れたのって直せるのかな……」

問題はそこだ。

「確か、直せるはず。あと、挟むバネも緩くなってるかもね。それも修理してもらえるはずだから……買ったところに持っていって相談するといいよ」

夏樹に助言されて、俊は頷く。

「うん、そうする……。二人とも、本当にありがとう。遅くならせてごめん」

捜すのを手伝わせたせいで、時間はもう七時を過ぎている。

二人は飲みに行くと話していたのに、すっかり遅くなってしまった。

それを申し訳なく思っていると、夏樹は俊の手からネクタイピンを取り上げ、俊のジャケットのポケットに失くさないようにしまう。

「夏樹くん？」

首を傾げた俊に、

「遅くなろうとどうしようといいんだよ。俺たちは俊に用事があったんだから」

にっこりと夏樹は笑顔を見せたが、その笑顔には後ろ暗いものが透けて見えた。

「そうそう、おまえがいなきゃ始まんねぇっていうか」

幸成の言葉と同時に、その手が俊の腰を抱き、正面の夏樹がまるで拘束するように抱きしめてきた。

「や…っ、何?」

「イヤって言われても?」

「そもそも何って、志藤に用事があったんだぜ？　俺たちは」

笑みを含んだ声で二人は言いながら、俊の手をあからさまにいやらしい手つきで撫で回し始める。

「や…！　夏樹くん……！　須賀くんも……！」

夏樹の手が俊自身を、幸成の手が後ろの蕾のあたりをそれぞれズボン越しに捕らえて触れてくる。

「やだ…、や……っ」

今日まで数々のセクハラを受けてきたが、ここまであからさまなことはされなかった。

「だめ…やだ……っ、ここ…どこだと……」

「んー、会社だよな?」

「そう、俺たち三人しかいない資料室」

楽しげな声で言いながら、二人はさらに俊を追い詰めるように手を蠢かす。

夏樹ははっきりとした動きで俊自身をいたぶり始め、幸成は後ろの蕾の表面をなぞるようにしながら胸に手を伸ばした。

「や…ぁっ、あっ」

弱い場所をすべて同時に嬲られて俊の膝が震える。

いや、膝だけではなく、体中が震えていた。

「ホント可愛いなあ、俊は」

「それは同感」

俊の耳に唇を触れさせながら二人は囁く。耳朶に唇が触れる感触と、声と一緒に吹き込まれる吐息の感触さえ今の俊には刺激になってしまって、膝から力が抜けた。

「あっ」

だが、二人の手にしっかりと支えられていたおかげで、ほんの少し体が傾いだ程度で座り込むようなことにはならなかった。

というか、座り込めたほうが楽だったかもしれない。

それだけ力が入らなくなった体では抵抗などできるはずもなく、さらには不安定さに気を取られて本当に二人にされるがままだった。

「俊のここ、勃ってきた…、分かる？」

「後ろも飲み込みたそうにヒクヒクしてる」

俊を追い詰めるような言葉で嬲りながら、二人の手はいやらしさを増す。

「…ゃ…だ……っ、ぁあっ、あ」

「何が嫌？　俺？　それとも須賀くん？」

その夏樹の言葉に、幸成が思い出したように口を開いた。

「そういや、それを聞かなきゃなんなかったよなぁ？」

「ああ、そういえばそうだったね」

呑気な声で夏樹は言ったあと、俊の顔を片方の手で持ち上げて視線を合わせる。

「ね、俊。考えた？」

急にそんなことを言われても俊には何のことかまったく分からなかった。

「……何…、やっ、だめ、須賀く……っ」

布地を食い込ませるように蕾に指が強く押し当てられて、そのまま入り込んでくるんじゃないかと思えて俊は体を竦ませた。

「あ、ズルい。俺がちゃんと話を聞こうとしてんのに」

夏樹は言うと、顔に伸ばしていた手を離して俊の腰をしっかりと抱き、もう片方の手の中にある俊自身を淫らに揉み込んだ。

「ああっ、あ…や……っ」

走り抜ける甘い刺激に、とうに力の入っていなかった膝がガタガタと震えて、俊は完全に二人に体重を預けてしまうしかなくなった。

「あー、このまま食っちまいてぇ」

「同じく。けど、さすがにここではマズいよね」

「会社でっつーのは萌えシチュだけど、まだクビとか勘弁だしな」

二人がそんなことを話しているが、もう俊の頭は何かを考えられるような状況じゃなかった。

「じゃあ、俺、荷物持つから、須賀くん、俊を背負ってやってくれる?」

「了解」

二人はサクサクと話を進めて、言われたとおり幸成は俊を背負う。

だが、背負われるということは体がしっかりと密着するということで、

「かーわいい、背中にコイツの当たる」

幸成に指摘されて、俊は羞恥に襲われて逃げようと暴れる。

「俊、ダメだって。落ちたら怪我ですまないかもしれないよ?　あんまり人に恥ずかしいところ見られたくないでしょ?」

笑いながら夏樹が俊を脅す。

そう言われると、もう俊はじっとしているしかなくなった。

「いい子、いい子。じゃ、帰ろっか」

夏樹が先に歩き出し、資料室のドアを開ける。幸成が歩き始めると、微妙な振動が俊を煽り、声が漏れそうになった。

それだけでもつらいのに、幸成のシャツの匂いや、どうしてもずり落ちる体を持ち上げるために勢いよく体を振られる際の摩擦で、俊の体は昂ったままになる。

それが恥ずかしくて仕方がないのにどうにもならなくて、俊は死にたくなった。

二人によってお持ち帰りされたのは、先週まで俊が滞在していたマンションだった。

運ばれたのはリビングではなくベッドルームで、ベッドに俊は下ろされた。

俊はそのまま横になりたかったが、それはすぐに両脇に陣取った二人によって阻止される。それに俊は体を竦ませた。

◆◇◆

会社からマンションまでは一駅しかないので、地下鉄で戻ってきたのだが、その車内でも両脇に座した二人によって軽くセクハラを受けた。

電車に乗り込む時には背負われた状態から下ろされていたが、しっかりと両脇を二人に抱えられる形だった俊は、他の乗客には「体調がすぐれない客」という認識をされていた。

そのため、両脇を幸成と夏樹がしっかりと固めても「友達の様子を気遣っている」という様子にしか映らなかっただろう。

もちろん二人はそれを計算したうえで、いやらしく背中に回した手で撫でてきたりしていた。

俊の顔が赤くなり、息が荒くなっても「体調が悪い」のだと周囲は見ていただろうと思う。

でも俊にしてみれば、公衆の面前でセクハラをされているも同然で気が気ではなかったのだ。

それと同じ状況に、俊が怯えないわけがない。

むしろ人目がない分、何をされるか分からないのだ。

「俊、そんなにビクビクしないでよ」

「何もすぐに取って食おうなんて思ってねぇんだしよ」

夏樹と幸成が耳朶に唇を触れさせながら囁く。しかしそれすら今の俊には毒でしかない。

それが分かっていて、夏樹は聞いた。

「それで俊、考えた結果は？」

その問いの意味が、俊には分からなかった。

「…結、果……？　なに？」

どうやっても震えてしまう声で問い返すと、夏樹と、そして幸成はわざとのようにため息をついた。

「やっぱりね……」

「まあ、なんとなくそんな気はしてたけどよ」

それぞれ呟いたあと、

「この前、俊は俺と須賀くんのどっちにするか考えるから待っててって言ったでしょ？」

「だから、俺ら一週間、待ってたんじゃん」

そう説明してきて、俊はやっとそのことを思い出した。

正直考えるもなにも、毎日繰り広げられるセクハラ攻撃からどうやって逃げるか、で頭がいっぱいで、すっかり忘れていたのだ。

「で、どっち？」

夏樹に急かされても、考えていなかった俊は答えられなかった。

「どっち…って……言われても…」

そう言ったきり沈黙した俊に、

「どっちも嫌っていうんじゃねぇなら、答えは多分もう出ねぇよ。諦めろ。俺も兼條もおまえを諦めるつもりはさらさらねぇし」

幸成は言った。

「そうそう。俊はただ、俺たちを受け入れてくれればいいだけだから。前にも言ったとおり、俊の負担になるようなことはしないから」

夏樹もそう重ねてくる。

「……でも、こんなのって…間違ってる、よね？」

倫理的にどうなのかと思う。

幸成も夏樹も、普通にモテるのに、どっちも選べない自分なんて、ダメだと思うのに、

「別に一夫多妻制の国はあるし、同性婚を認めてる国だってあるだろ」

「その二つがミックスしてるってだけなんだから、別に間違ってはないよ？」

「まあ、少数派だろうから世間に理解されるとは思わねぇけど、俺たちが幸せならいいんじゃね？」

「そう、だから三人で幸せになろ？」

二人がかりで説得と、そして改めて告白をされて、俊は何も言えなかった。

言えなかったが、沈黙はイエスの証拠だと理解されて——、

「俊、大好き」

「俺も好きだぜ」

二人にそっと両方の頬に口づけられると、あとはもうなし崩しだった。

下肢から響くグチュグチュという淫らな接合音と、自身を包む生あたたかな感触に俊は体をくねらせる。

「や……ぁっ、あ、だめ、あっ、あ」

いや、くねらせようとしたが、ほとんど体は動かなかった。

どうせ、選ぶことなんかできないからと見越していた夏樹が準備してきていた潤滑ローションで、二人がかりで意識があやふやになるまで前戯をされた。

前戯の時点で二度達してしまって、グダグダになった俊に最初に入り込んできたのは「ネクタイピンを見つけたご褒美」で、幸成だ。

「だから、ダメになっていいんだって言ってんじゃん」

その幸成は楽しげに言いながら、背面座位で繋がった俊の中を緩く掻き混ぜる。

動きは緩いのだが、確実に感じる場所を抉ってくるので、俊は甲高い悲鳴にも似た喘ぎを漏らしっぱなしになる。

そして夏樹はと言えば、蜜を零す俊自身を舐めたり咥えたりして、煽ってくるのだ。

「兼條、もっと強く前吸ってやって」

幸成が言うと、それに応えるように夏樹は咥えた俊の先端をきつく吸い上げた。

「ひ……ぁ、あっ、やぁっああ！」

ヒクッと腰が震えて、俊は達してしまう。だが、前戯だけで二度達したあと、幸成に挿入されただけでも達してすでに三度絶頂を得た俊自身から漏れた蜜はほんのわずかだ。

出すものの量は少なくても、絶頂の感覚だけは長く続いて、その中で幸成が強めに腰を使ってくる。

「やぁあっ、あ、いや、も…感じるの、や…ぁっ……」

泣き声で漏らしても、

「うわ、泣き顔ヤベぇ、めっちゃそそる」

幸成は取り合ってくれないし、その言葉で夏樹も下肢に埋めていた顔を上げて俊を見つめると、

「そうなんだよねぇ。俊には笑っててほしいんだけど、困った顔とか泣き顔とか見せられたら滾《たぎ》るってことに、俺もこの前気づいてさぁ」

そう言うと、俊自身の根元の果実に指を伸ばして、そこを強く揉んでくる。

「い…やぁ……っ、あ、あ――っ」

「すっげ、締まる。あんま、もたねぇかも」

「じゃ、さっさとイって代わってよ」

「そんなふうに言われると、意地でも我慢したくなるけどな」

軽口を叩き合いながらも、幸成と夏樹は愛撫の手を緩めようとはしない。

一人一人を相手にした時だって、最後はどうなったのか覚えていないくらいグダグダに感じきって

しまったのに、二人が相手となるともうこの時点でいろんなことが限界突破だった。

「あぁっ、あ……ああ、あっ」

「中、ほんとスゲぇ、グネグネしてる」

「最初、そうじゃなかった？」

「片鱗はあったけど、ここまでじゃなかったっつーか……」

「まあ、今日はソレ用の使ってるから滑りもやっぱ違うよね」

「それもあるか…。キツイまんまなのにスゲぇ滑るから余計クるわ」

そう言う間も二人の動きは止まらなくて、俊はもう喘ぐだけだ。

「ふ…ぁ、あ…や……め、そこ、やぁっ」

中を穿つ幸成が一番感じる場所を抉って、そのまま奥まで一気に貫いてくる。

「あぁ…っ、ダメ、あ…や……っ、あ、胸、やぁっ」

中の弱い場所に喘ぐ俊の姿に、夏樹がたわむれに胸の尖りを摘み上げた。その途端体を走った甘い電気に俊の体が跳ねる。

「キッツ……」

それと同時に中を強く締めつけてしまい、幸成が苦笑する。

「あ、キツかった？」

「けど、すっげ、イイ。このまんま、もう最後までイくぜ」

幸成は言うと逃げを打とうとする俊の腰をしっかり摑んで、激しい律動を刻んだ。

「い……ぁッ、あ、や……っ、あ、も…中……や…ぁ」

泣きながら悶える俊の姿に息を呑みながら、グネグネとうねる肉襞を幸成はグチャグチャに掻き混ぜるようにして繰り返し貫く。

「や……ぅ、あ、ああっ、あ――ぁ、あっ、あ！」

俊自身がまた震えて先端に蜜を滲ませる。

達したのはガタガタと震える体の動きで分かったが、放つものがなくて、空イキを繰り返していた。

「出す、ぜ……」

押し殺した声の一瞬後、俊の中に幸成の熱が溢れ返った。

一気に体の中に熱が広がる独特の感触に、俊は止めを刺されるように上りつめる。

「ゃあああ………っ」

透きとおった悲鳴を上げて震える俊の体を、愛《いと》しげに撫で回す手は、もはやどちらの手か分からなかった。

幸成は中ですべてを放ち終えるとゆっくりと自身を引き抜く。

ようやく解放されてベッドにつっぷした俊は安堵したが、

「俊、ごめんね。まだ終わりじゃないから」

さっきまで幸成がいたその場所に夏樹がいて、俊の体を仰向けにすると脚を改めて抱え直した。

「ぁ……」

幸成に散々ドロドロにされた後ろの蕾に、夏樹の指が添えられる。

含みきれなかった精液が外に溢れ出している様子を楽しげに見つめると、そこに自身の先端を押し当てた。

「や……待って、まだ…」

「うん、イったばっかはつらいよね。でもごめんね？　どうせ、時間を置いてもイきっぱなしになるだろうし」

きっと、そんなに変わらないよ、と優しい笑顔で怖いことを言いながら、夏樹は一気に奥まで入り込んできた。

グチュッと淫らな水音がして、中を満たしていた精液が外に溢れ返る。

その感触の淫らさにいたたまれない気持ちになっているのに、そんな感情は夏樹が動き出すとすべて悦楽に塗り替えられた。

「やぁっ、あ、あああ、あ――、あっ」

「うっわ、ホントすごい……。ていうか、須賀くん、中で出しすぎ。すっごいぐちゃぐちゃ」

「けど、イイだろ」

「うん、まぁね。ぬるぬるで、なんか隙なく繋がってる感じ」

夏樹は言いながら、小刻みな動きで俊の中を穿つ。

幸成は俊の頭のほうに腰を下ろすと、耳や頬を撫でながら、喘ぐ顔を見つめた。

「かーわいい……」

「見…な……ぃ…で」

恥ずかしくて顔をそむけようとしたが、頬を撫でていた手に阻まれた。

「だーめ。もっと可愛く啼《な》いて」

そう言うと不意に俊の上半身を持ち上げる。

「須賀くん、何してんの？」

「んー、抱っこしながら顔見てぇなって思って」

言いながら、片足で胡坐をかいた自分の膝の上に俊の腰から上を載せて、半分抱きかかえるような状態になった。

「じゃ、そのまんまちゃんと俊を支えててよ」

「了解。ついでにいたずらもするけど」

幸成は笑いながら言うと、両手を俊の胸に伸ばして、肉のない胸をいやらしい動きで揉み始める。

「や……っ…あ」

「ちっぱいでも感じるんだなぁ」

「ていうか、今の俊なら、どこ触っても感じるよ。もっと乳首、触ってあげてよ。そこだけでイケるくらいにしたげたいし」

さらりととんでもないことを言う。

だが、もう俊はそれを理解するどころではなかった。

後ろを穿つ夏樹はいいところばかりを攻め立てて、体はずっとイったままで、声すらもう出ないような状況だった。

そんな俊の胸の尖りを、幸成は押しつぶしたり摘み上げたりしてくる。

「ぃ…や……ぁ、…だめ、…も……きもちい…の、いらな……っ……」

感じすぎてつらくて、もう感じたくなくて俊はゆるゆると頭を横に振る。

「俊、それ逆効果だから。……けど、よすぎて、俺ももたないかな」

苦笑交じりに言って、夏樹は脚を抱え直し、一番奥まで自身を押し込んだ。

「ひ…あっ、あ」

抱えた脚がビクッと震えて、また達したのが分かる。

「須賀くん、しっかり支えてて」

「おう」

逃げる力もないのに、もがこうとする俊の体を幸成は胸を愛撫しながらしっかりと抱き込む。

「ぃ……っ、あ！　あ、だめ、あっ、またイく……っ…あ、あぁっ、あ、や…イって…、今、イってるから……っ」

ずっとイきっぱなしでイヤイヤをするように頭を振る。

「可愛くて止めてあげらんない…」

残酷な宣告を甘い声でして、夏樹は大きく腰を使った。

「あぁっ、あ、も…ゆる…し……あっ、あっ、あ」

「もうちょい、ごめん……」

「イ…、あ、あ…も、イきたくな……っ、あ、だめ、ああ、も、や…――あっ」

ひときわ強く腰を打ちつけられて、また中を濡らされる。

「ぁ……」

もうわけが分からなくて、そのまま意識を飛ばしそうな俊の目に映ったのは、酷く嬉しそうな幸成と夏樹の顔で。

その二人の顔に、なぜだか嬉しくて、泣きたくなるような気持ちになりながら、俊は目を閉じた。


「俊、大丈夫？　お水飲める？」

完全にベッドにぐったりとした俊に夏樹が水を持ってくる。

「ん……」

一応返事をしたものの、俊は寝たまま指一本動かすことができなかった。

二人に散々いいようにされて、体力はもう少しも残っていない。

「須賀くん、ちょっと俊の体起こしてやってよ」

「おう」

夏樹に言われ、俊の隣にいた幸成は俊の体を労わりながら起こすと、自分にもたれさせるようにした。

意識を飛ばしている間に体は綺麗にしてくれたらしいのだが、軽く触れられただけでも敏感なままの体は小さく肌を粟立てた。意識があったら綺麗にしてくれている間大変だっただろうな、なんてどうでもいいことを考えて意識を逸らす。

「はい、俊、飲んで」

コップを手にするのも無理なのが分かっているのか、夏樹は俊の口元にコップを押し当てて、様子を見ながら傾けて水を含ませていく。

一口ずつゆっくり飲み込み、半分ほど飲んだところで俊がもういい、と言うと、夏樹はコップをベッドサイドのテーブルに置いた。

「ちょっと、落ち着いた？」

面倒見のいい笑顔で問う夏樹からは、少し前まで無体を働いた様子は微塵もない。

「……うん」

「そう、よかった…。でも、浮かない顔だね。どこか痛くした？」

そう問われて、俊は少し黙ったあと、

「……本当に、いいのかな。こういうの」

小さく呟いた。

「まだそこにこだわってたのかよ？」

幸成が言いながら俊の体をそっと後ろから抱きしめる。

「だって……」

「俊が悩むのは分かるよ。でも、こうして三人でいること、俊は嫌？」

夏樹に聞かれて、俊はすぐに頭を横に振った。

「嫌じゃない」

「じゃあ、いいじゃねぇか。俺たちがこうしてることで、誰かに迷惑かけてるってわけじゃねぇだろ？」

「誰にも迷惑をかけてなくて、それで幸せなら、俺たちにとってはこれが、少なくとも今は正解なんだと思うよ」

夏樹はそう言うと、するりと隣に座り、そっと俊の体に腕を回す。

「狭いんだから、おまえはそこにイス持ってきて座っとけよ」

幸成が苦情を申し立てる。

セミダブルのベッドだが、日本人男子の平均よりもはるかに大きな幸成と夏樹、そして俊の三人だと狭くてしょうがなかった。

「嫌だって言うの分かってて、言わないでよ。須賀くんがイスに座れば？　俺は俊を抱っこして寝るから」

夏樹はそう言うと、俊の体に回した手に力を込めた。

「ふざけんな。誰が譲るかよ」

幸成もそう返しながら、抱きしめる腕の力を強めてくる。

二人に締め上げられた俊は、その苦しさに幸せを感じながらも、これからもこの調子なのかなどと若干微妙な気持ちになるのだった。

あとがき

こんにちは！　大掃除って何の呪文？　な、松幸《まつゆき》かほです！　今回調子に乗りすぎてあとがきが1Pだけなので、自虐的な入りは短めで（笑）

あとがきは1Pだけど、内容は3Pです。明るくさらっとノリだけでやっていける3Pを目指したら、俊《しゅん》がものすごい勢いの流され侍《ざむらい》になりました。

まあ、幸成《ゆきなり》と夏樹《なつき》相手だと流されるのも無理はない…のか？　とやや疑問に思いつつ、幸せだからいいんじゃない？　と強引にまとめようと思います。三人で幸せになるって3Pの王道ですよねー。大好物です。

大好物だけど自分で書くとめっちゃしんどかったです、エロが。

おかげで、イラストの北沢《きたざわ》きょう先生には本当にご迷惑をおかけしました。「エロ難産なんですね」という北沢先生の的確なコメントには、もう本当に頭を地面にめり込ませる勢いで謝罪と同意しかありませんでした。

本当に、一緒にお仕事をさせていただくたびにこんなんですみません。

二〇一六年は心を入れ替えて、いい子になります。

ので、皆様もどうぞこれからもよろしくお願いします。

二〇一五年　クリスマス間近の十二月下旬　松幸かほ

CROSS NOVELS既刊好評発売中

俺より長生きするんだろ、琥珀……。

狐の婿取り −神様、危機一髪の巻−

松幸かほ

Illust　みずかねりょう

「こはくさま、げんきになるよね」

狐神の琥珀は医師・涼聖と結ばれ、チビ狐の陽と三人で仲睦まじく暮らしていた。村に雨が降らない日が続くことを不思議に思っていたが、それはやがて集落の人々にまで影響を与えるように。そして、意を決した琥珀が雨乞いの舞いを踊った時、一撃の雷によって琥珀の魂は引き裂かれてしまう。肉体はかろうじて留められたものの、訪れない目覚めの時。涼聖は琥珀を救うため、災いの元凶がいると思われる沢に向かうが——。

CROSS NOVELSをお買い上げいただき
ありがとうございます。
この本を読んだご意見・ご感想をお寄せください。

〒110-8625
東京都台東区東上野2-8-7　笠倉出版社
CROSS NOVELS 編集部
「松幸かほ先生」係／「北沢きょう先生」係

CROSS NOVELS

しあわせになろうよ、3人で。

著者

松幸かほ

2016年 2月23日　初版発行　検印廃止

発行者　笠倉伸夫
発行所　株式会社 笠倉出版社
〒110-8625　東京都台東区東上野2-8-7　笠倉ビル
[営業]TEL　0120-984-164
FAX　03-4355-1109
[編集]TEL　03-4355-1103
FAX　03-5846-3493
http://www.kasakura.co.jp/
振替口座　00130-9-75686
印刷　株式会社 光邦
装丁　斉藤麻実子〈Asanomi Graphic〉
ISBN 978-4-7730-8820-5
Printed in Japan